文春文庫

精選女性随筆集　石井桃子　高峰秀子

川上弘美選

文藝春秋

目次

石井桃子　第一章『幼ものがたり』より

石井桃子　第二章　戦争ちゅうと戦後

精選女性随筆集

石井桃子
高峰秀子

1998年撮影

高峰秀子

(1924-2010)

1996年撮影

石井桃子

(1907-2008)

＊2枚とも文藝春秋写真部撮影

ジグソーパズルのように

川上弘美

作者のたくさんたくさんある作品の中から、いったいどの随筆を、限られた紙面のために選ぶのか。それは、このシリーズのすべての巻における、大きな問題である。

迷いながら、載せるスペースのないことをくやしがりながら、心千々《ちぢ》に乱れつつ、これまでの巻を編んできた。そして、すでにシリーズを編みはじめてからずいぶんになるこのごろでは、その迷いについてもいくらかは免疫ができてきたと、ひそかに自負していた。

けれど、それは大きな間違いだった。

石井桃子と、高峰秀子。二人ともに、随筆を書くこと以外に大きな仕事を持っていた女性たちである。石井桃子は、翻訳、編集、そしてかつら文庫をはじめとする子供の本にかんする活動。高峰秀子は、女優。

随筆は小説よりも、書き手そのものの姿がはっきりと浮かび上がるものなのだ、ということの意味を、わたしはわかっていたつもりで、まるでわかっていなかった。石井桃子と高峰秀子のように、書くこと以外の仕事もプロであるひとたちが、さらにその上表現の力を持っていた時、どれだけ上質の随筆が書かれるか。巻を編み終わった今、そのことをしみじみとかみしめている。

二人の随筆には、特徴がある。たとえば、生活のひとこまを切り取って、よい文章で書く。あるいは、あるトピックについて精巧《せいこう》に描く。そのようなエッセイは、多い。けれど二人の随筆は、その種のエッセイと、似ているようで、かなり違うものなのである。

彼女らのエッセイは、断片ではないのだ。一篇一篇はかけらだとしても、それらが集まった一冊は、彼女たちの人生をそのまままるごと担っている。

たとえば、本書の冒頭にある石井桃子の「幼《おさな》ものがたり」の章。これは石井が自身の幼いころの家族や住んでいた場所を回想した『幼ものがたり』という随筆集から選んだものなのだが、選ぶのはほんとうに難しかった。どれも素晴らしいから、ということもあるが、それにも増して、一篇が次の篇につながりさらにまた次の篇を内包してゆく――といった具合に、独立した文章からなる随筆集でありながら、すべての随筆が有機的につながり、全体でもって大きなものを表現している、という構造になっているからだ。

高峰秀子も、まったく同様である。おそらく高峰秀子の文章のファンならば必ず一回は手に取っているだろう代表作『わたしの渡世日記』から、わたしは本書におさめる幾篇かを選んではみた。けれど、美しく完成したジグソーパズルの、まんなかのあたりとはじっこのあたりの景色だけを無理やりひきはがしてもってきたような不自然さがどうにも残ってしまったことを、感じずにはいられなかったのである。

それならば、本書を編む意味は、いったい何だったのだろう。作業をしながら、何回も自分に問うた。

そしてたどりついた結論は、以下のものである。

石井桃子も、高峰秀子も、それぞれの分野における大きな存在であることは、言うまでもない。だから、もしかすると、とわたしは思ったのだ。彼女たちの文章を、翻訳者である石井桃子のファンの方々や、女優高峰秀子のファンの方々が望んで手に取る機会は、多いだろう。けれど、「高峰秀子は高名だけど、映画を一篇見たことがあるきりだなあ」という若いひとたち、「ふうん、石井桃子は、『クマのプーさん』や『ちいさいおうち』を訳したのか。なつかしいなあ。昔読んだっきりだよ」という大人たちは、二人の名をなまじ知っているだけに、かえって随筆には手を出さないのではないだろうか？

打ち明けると、実はわたしが少しばかり、そんなふうだったのだ。高峰秀子を、映画「浮雲」では見て感動したけれど、「女優というその姿だけでいいんじゃないかなあ」と思っていたし、石井桃子の訳したあまたの児童文学は今でも愛読しているけれど、「随筆は、またの機会に」と、「そのうち読む本」の中に入れてしまっていた。

これがひどくもったいないことだったのは、編みおえた今、わかりすぎるほど、わかった。

以前のわたしと同じように、石井桃子と高峰秀子の、ある面だけを知っているみなさん。けれど、彼女らの文章がこんなにも素晴らしい——表現の力！　そして、おさえてもにじみ出てくる豊かな情感！——とはまだ知らないみなさん。どうかこの本を手に取ってみて、彼女たちの文章を読むための入り口として下さい。どうかまた反対に、ふたたび彼女たちの仕事へ目を向けるしるべとして下さい。

わたしもむろん、本書を編んだあと、思わず『ノンちゃん雲に乗る』を読み返した。「流れる」と「放浪記」のＤＶＤをアマゾンで買った。本書を読んだのちに味わったそれらの作品が、以前よりももっとずっと深く甘くまた苦く濃く匂いたったことは、言うまでもないだろう。

石井桃子　第一章　『幼《おさな》ものがたり』より

「どっちがすき?」

私は、中《なか》の間《ま》の押入れを背にして立っていた。

縁側の外には、二人か三人のきょうだいが立ち、私のほうへ手をのばして、「どっちがすき? どっちがすき?」と、さかんにはやしたてている。外に立っているのは、たいてい、初《はつ》姉と文《ふみ》姉だったようだが、たまに兄もいたように思われるのは、どういうわけだろう。

私は、からだじゅうが空気でいっぱいになり、はちきれそうになると、「やっ」とばかりにかけだす。姉たちのところまでは、畳何枚もないはずなのに、私はその距離をゆくあいだにいろんなことを考えた。初姉のほうへゆくと見せかけて、文姉の胸にとびこんだり、その逆をやったりした。

とうとう、相手にどんとぶつかると、ぎゅっと抱きしめられて、ほっぺたにキスされる。キスは、私の家では、外国のまねではなく、ごく自然発生的なものだったようである。兄が縁側の外に立っていたように思うのは、どうも兄に抱きしめられると、痛くて、「きゃあきゃあ」言った記憶があるからである。

きっと、この「どっちがすき？」の遊戯《ゆうぎ》は、姉たちがどこかへ出かけるのに、私をつれてゆかなければならなかったとき、どっちがおぶってゆくかをきめる方法だったのだ。兄は、冗談に仲間にはいったのだろうと、私は推測する。

それにしても、縁側とは、何というういいものだろう。家の内にいる者と外にいる者は、履物《はきもの》をぬぐとか、はくとかしないでも、ここで交わることができた。

黒いねこ

すぐ上の祐《ゆう》姉と私が、百日ぜきにかかったのも、私が、やはりかなり幼かったときのようである。私自身にとってその病気の記憶は、頭をもちあげるのもけだるい気もちで寝ている枕もとを、黒い、巨大なねこが、ゆっくり通っていったことだけである。そのねこは、私よりずっと物知りの生きものに思えた。

それ以後、私は、家のなかでねこが歩きまわったのをおぼえていない。麦わら屋根の大きな家で、ねずみもたくさんいたのに——屋根には、ねずみを餌食《えじき》とする青大将《あおだいしょう》も住んでいて、ときたま、土間におちてきて、私たちをきゃっといわせることもあったのに——なぜ、ねこを飼わなかったのだろう。兄が犬ずきで、犬を飼いだしたからだろうか。

私の百日ぜきは、それでも、まず順調になおったらしいが、祐姉のほうは重患《じゅうかん》だった。青白い顔をした姉の寝ている枕もとで、姉を見おろして立っていた自分のおぼろな記憶がある。姉はおとなになってからも、両腕が細いことを百日ぜきのせいにしていた。「祐ちゃんの百日ぜき」というと、私たちきょうだいのあいだでは、ひん死の重病のことであった。

少し大きくなってから知ったことだが、姉はそのために発育が順調でなく、小学校にあがるのを一年のばそうかという話も、もち上がったようである。それでも、当時、姉といっしょに遊び歩いていた私は、姉がひ弱だったなどとは一度も思ったことがなかった。そしてまた、私自身、腺病質《せんびょうしつ》の虚弱児であったらしいのに、親たちが、そのことを心配そうに話していたことなど聞いたこともなかった。それより、いま思いだしては、私の気にかかるのは、黒ねこのことである。私が育ってくるあいだ、私の家では、だれも、「家にいたねこ」の話をした者がなかった。では、家には、ねこはいなかったのだろうか。いや、たしかにいたのだと、私は思う。寝ている私の頭のわきを、ちょっと魔物的に、えらそうに、ゆうゆうとすぎていった黒ねこは、私の病んだ頭にうかんだ影ではなく、生きていたのだと、私は信じている。

ぶらんこ

祖父はおもしろい人物だったとみえ――そして、変り者のところもあったとみえ――、孫のために、庭のあちこちの、麦打ちなどのような家の仕事のじゃまにならない場所に、ふつうの家にはない遊び道具をつくっていた。たとえば、鉄棒、遊動円木《ゆうどうえんぼく》。

私は、いままで遊動円木のある個人の家など、ほかに見たことがない。この長い、場所をとる遊び道具は、座敷と向かいあった物置のうしろの、細長い空き地につくられてあって、家からは見えない。私は、ひとりでそこへゆくことはなく、だれか年上のものにつれられて、丸太の上へ腰かけさせられ、ぎっちらぎっちらやったのである。

そのころ、学校で、どこかの子どもが遊動円木でけがをしたとかで、祖母は、祐姉や私がそこへゆくことを、いつも心配していた。そのせいか、私が物心ついたころ、遊動円木はもうなくなっていた。

鉄棒も――そのころは、器械体操といっていた――おそらく、兄の小さいころ、つくられたものだろう。兄はよく、私をその鉄棒にぶらさげ、自分はわきに退《の》いて、私にきゃあきゃあ叫ばせてから、抱きとってくれるのだった。この鉄棒も、いつのまにかなくなった。

私たちがかなり大きくなるまであって、私たちが堪能するまで楽しんだのは、ぶらんこである。ぶらんこは、大小、二つあった。一つは、長屋門《ながやもん》の土間の上の梁《はり》からさげられた、長い、太い綱ので、もう一つは、やはり長屋門の、おなじく物置とはよばれていたが、農事用の道具など入れるところでなく、長持《ながもち》やお雛《ひな》さまをしまっておく場所であった倉の前のひさしの梁からさがっていた。これは鉄の鎖で、短いぶらんこだった。

長いほうは、綱は長いし、小さい子にはあぶないので、ふだんは、綱をたくしあげて、柱の釘にひっかけてあった。近所の子どもがきたり、夏休みにいとこたちが泊りにくると、その綱をおろしてもらう。（これは、私が大きくなってからのことだが、そのぶらんこを上手に思いきってこぐと、まるで体は空をとぶようで、足の先は梁にとどくかと思われた。私が高所を恐れることを知らずに育ったのは、このぶらんこのせいかもしれない。）

しかし、幼い祐姉と私が遊んだのは、短いぶらんこだった。ぶらんこというものは、どうして、ああ あきもせずに、いつまでもこいでいられるのだろう。私たちは、くる日もくる日も、どのくらいかの時間は、ぶらんこにのっていたようである。近所の友だちがくると、順番をきめてこぐのだが、時どき、ずるをして長くのっていようとする子が出て、けんかがおこった。

あるとき、祐姉が、何のまちがいか、炒《い》った大豆の粒を片方の鼻の穴に入れてしまったことがあった。（この姉は――そのころの私は、夢にもそんなことは考えなかったのだが――少しとんきょうで、あわて者だったようである。）お医者にもいったが、むりに取りだすのはあぶなかったためか、自然に出てくるのを待つことになったらしい。私たちは、いく日か、その豆のことを気にしてすごした。そのうちのある日、姉と私は、小さいぶらんこで遊んでいた。私は、わきで番を待ち、姉は、懸命にこいでいた。そして、いきばった拍子だったか、姉は、大きなくしゃみをした。そのとたん、小さい、白いものが、空中をとんでいった。

「豆が出た！　豆が出た！」と、姉は叫び、私たちは、母や祖父母に知らせにとんでいった。

ねずみ

　ある冬のお天気のいい日のことだった。祐姉と私は、例のようにぶらぶらと外に出かけた。家から上《かみ》へ百メートルほどいった向かいがわのおまっちゃんの家にいきついたのは、きっと、二、三軒、途中でひっかかってからであったろう。日がさんさんとおまっちゃんの家の小さい庭に照りつけていたように思うからである。おまっちゃんというのは、初姉の友だちで、上の学校へはゆかずに、家で男物の羽織《はおり》のひもを織っているひとだった。おまっちゃんの軽い手先の動き、見るまにひもが長くなってゆくさまがおもしろくて、私たちは、よくおまっちゃんの家へその仕事を見にいった。おまっちゃんはきれいで、やさしく、おばさんは、がらがら声で笑う、きさくなひとで、いつも私たちを歓迎してくれたのである。

　その日も、私たちは、熱心におまっちゃんの仕事を見物した。おまっちゃんの織機《はた》は、高さ、奥ゆきともに五十センチほど（ただし、高さは、手前へくるほど斜めに低くなっていた）、幅がそれより少しはせまいくらいのかわいいもので、一ばん上に糸が張ってある。おまっちゃんは、その織機のわくのなかへひざを入れて、行儀よく座り、羽織のひもを織るのだった。つま楊子《ようじ》ほどの長さで、二、三ミリほどの幅のうすい棒を糸のあいだにさしこんでは、張られた二列の糸を交互に上下させると、きれいに横向きの細い穴のあいている幅二センチ、厚さ三ミリほどのひもが織られてゆく。いつ見ても、あきない光景だった。

しかし、その日、私には、朝から心にかかることがあった。何かが、しきりに私の背中をひっかいているのである。そのものは、ときによると、上のほうへのぼったり、帯のへんへさがったりする。それでも、私は、ほかのことに気をとられているあいだは、それを忘れていたのだろう。いま、静かにおまっちゃんのわきに背中を丸めているねこを見たとき、私は、とうとうがまんができなくなって、姉にいった。

「あたし——そのころ、私が自分のことをどうよんでいたか、はっきりしない。どうもあたいだったような気がする——の背中に、このねこくらいのものがいるんだけれど、あたしは、おとなしいから、がまんしているんだよ」

ことばは、このとおりでなかったろうが、私が、一生懸命、姉にいったことは、こういうことだった。

姉は、私を家につれて帰った。

私は縁側のそばに立たされ、はだかにされた。何かが、背中からとびだした。おじいさんが竹箒《たけぼうき》をふるって、「やっ！　やっ！」と、それをおさえようとしたが、それは縁の下に走りこんだ。それが座敷の根太《ねだ》の下の板がこいのあいだにとびこむとき、うすぐろいねずみだということが、私にもわかった。

この逸話《いつわ》は、私のきょうだいを喜ばせたらしく、姉たちのなかには、見てきたように、大分変形させてひとに語るものもいた。けれども、きのうのことのように私の目にはっきりうかぶのは、その日の陽光をあびたおまっちゃんの家の縁先と、そこにうずくまっていたねこと、「あたしはがまんしている」と姉に訴えた私自身と、竹箒をふるったおじいさんと、縁の下の板のあいだに走りこんだねずみなのである。

ねずみは、夜中に私の枕もとの着物のなかに忍びこんで、そのまま、ぬくぬく寝こんで、私の背中にとじこめられたのだろうか。それとも、母はよく冬の朝、小さい子の着物を、へっついのそばの焚《た》きつけの籠《かご》にかけてあたためておいてくれたから、その籠から私の着物に移動したのだったろうか。

祖母

先日、近所の子どもが、赤紫《あかむらさき》の小菊《こぎく》の束をもってきてくれた。私はすぐに、秋になると、私が育った家のあちこちに、にぎやかに、盛んに咲きだした小菊を思いだした。そして、小菊と考えると、同時に思いだすのは、祖母のお葬式のときのことである。

小菊は、このごろのひとたちには、古くさい、見ばえのしない花かもしれない。しかし、私は幼いころ、自分の背丈に合う高さで盛んに咲く小菊が、何ともすきであったし、昔すきであったために、いまもすきである。ほかの季節には、そこにあることも忘れられているのに、小菊は秋、いっせいに咲きだして、ままごとの材料にもなってくれた。家の小菊は、ちぎってもちぎっても、とりきれないほどたくさんあった。祖母が死んだのは、ちょうど小菊が咲き乱れていたころだった。

祖母は、奥《おく》の間《ま》におかれた寝棺《ねかん》のなかで、じっと寝ていた。私の家では、子どもは死の場所に近づかせないなどということは、だれも考えなかったとみえ、私たち――東京からきた、小さいいとこたちや私のきょうだい——は、棺のまわりをとびまわっていたようである。そのとき、祖母の遺体を小菊で包もうといいだしたのは、だれだったのだろう。（そのころは、まだそういう習慣はなかったのだと思う。）私たちは、庭にとびだしてゆき、花をつんできては、祖母の顔だけを残して、棺のなかを埋めた。祖母は、花にうかんだ、顔だけのひとのようになった。

私は、棺のすそのほうへ手をつっこんで、祖母の足をさぐってみた。こちこちして、つめたい足であった。私は、すぐわきにいた、二つ年上の男のいとこに、

「おばあさんの足、つめたいよ」といった。

祖母のお葬式のことでおぼえているのは、このことだけである。

花に埋まった棺のなかをきれいだなあと眺めはしたが、五年と何カ月か、共に暮らしたひとの死に出あったにしては、私の気もちは、何とあっけらかんとしたものだったろう。子どもというものは、そうしたものだと、私は思うことができない。祖母の死より十カ月まえに、私は、祖父を失い、そのときの世界の終りがきたような気もちを、おとなになったいまも、あざやかに思いうかべることができるからである。

ほんとうに祖母は、私の心のなかで、影がうすい。きれぎれの思い出が、すべて淡色である。声音《こわね》もおぼえていない。面《おも》だちもはっきりしない。ただ、白髪をひっつめに束《たば》ねた、小柄《こがら》なひとだったことだけは、たしかである。

あるとき、私は、表の道をつっきって、家へはいろうとしていた。そこへ自転車がやってきて、私にぶつかった。私は転んだが、自転車はよろけただけで、走り去った。私はおきあがって——おそらく、泣きべそをかきながら——家にはいった。家の土間には、二人の小柄な女が立って、私が転ばされたときからのようすを見ていた。祖母と母だった。二人とも、たすきをかけていた。二人とも、だまって走り去る自転車にむかっておこったような顔をしていた。

「小さい子どもが、まえを通っているというのに……」と、祖母は、私が聞いたこともないはげしい調子でいっていた。

私は、意識的にはそんなことを考えはしなかったろう。しかし、祖母が私の身を案じてくれたことがうれしかったにちがいない。そのときの祖母のたすきがけ姿は、私の脳裏《のうり》に刻みついた。きっとしたようすで表を見て立っていた祖母の、丸い頭と小さい肩のりんかく、それが私の一ばんはっきりおぼえている彼女の姿形《すがたかたち》である。けれども、そのときの祖母でさえも、目鼻だちはさだかでない。

祖母は、私には神秘に思えた特技を、一つもっていた。おできのできた子どもにおまじないをしてやることである。時どき、頭や顔にかさぶたをつけた子どもが、母親につれられて、家の前に立つ。すると、祖母は、彼らを土間に招じ入れ、和紙に包んだ、十五センチほどの長さで、太さ三センチほどの棒状のものを、台所のすみの蠅帖《はえちょう》の引出しから取りだしてきて、何事かつぶやきながら、かさぶたの上をたたいてやるのだった。おできはよくなおったとみえて、よくあとで、親がおせんべいなどをもってお礼にきた。

祖母が亡くなってからも、それを知らないでか、おできの子と母親がやってくることがあった。すると、今度は、母があの棒状のものをもちだして、何事かつぶやいて、たたいてやるようになった。父は、まったくそういうことを信じないひとで、私たちも、みな文明開化の教育をうけて大きくなりつつあったから、母がそれをやるのを笑って見ていた。そのうち、世の中も変わってきたのだろう、だんだんおできの子は、家にこなくなった。私は、あの棒で母がおできをたたいたとき、いったい何をつぶやいたのか、とうとう聞かずにしまったことを、いまはたいへん残念に思っている。ずっと後になって、その蠅帖をしまつするときだったか、その棒を調べてみたら、鹿の角《つの》のようなものを、いく重にも和紙で包んだものであった。もちろん、紙は、しょっちゅう取りかえたのだろうが、これでは、じっさいに、おできはなおるよりも、うつるほうが多かったのではないだろうか。

おとなになってから聞いた話では、祖母は、祖父の新盆《にいぼん》のときに、祖父が迎えにきた夢を見て、寝こんだのだそうである。病気は黄疸《おうだん》であった。黄いろい顔をした祖母が、縁側で、あんなことをしたら、痛いのではあるまいかと思えるくらい、櫛《くし》でがりがりと頭の地をかいていたことがあった。

祖母が奥の間で寝こんでからは、時どき、そばに座って、蝿を追っているようにと、母にいいつけられた。それは、とてもたいくつな仕事だった。私は、たしかに幼い自分が、「もういい?」「もういい?」をくり返したにちがいないという気がする。

祖母の部屋に障子《しょうじ》がたつようになってからは、庭で友だちと遊ぶにしても、できるだけ音をたてないようにした。しかし、子どものことだから、すぐ聞きつけられてしまう。縁側の外を足音を忍んで歩いていっても、すぐ、「桃か?」と、声がかかる。しかたなく上がっていくと、祖母は、背中をかいてくれという。そして、私は、一生懸命かくのだが、祖母は、もっときつく、もっときつくという。友だちと遊べないこともこまったが、やせた祖母の背中に赤いすじができるほどかいても、「もっときつく」といわれるのが、こわかった。


こうして病む祖母を慰めようとして、父の友人で、私たちも親しく思っていた西山さんというひとが、ある夜、蓄音器をもってきて、聞かせてくれた。そのころ、蓄音器はめずらしく、家の者だけで聞くのはもったいないというので、近所のひとたちも招き、表座敷はいっぱいになった。私は母に抱かれて、うつらうつらしながら、その大きなラッパをつけた器械から流れだす、世にも悲しい、胸にしみる音曲を、きれぎれに聞いた。大きくなって、その曲をまた耳にしたとき、すぐに、「あのとき聞いた!」とわかった。それは新《しん》内《ない》の「蘭蝶心中《らんちょうしんじゅう》」だった。もっとも、そんな悲しい曲ばかりでなく、私の聞き知っている「かっぽれ」などもあって、そこにいたひとたちは、大いに喜んだのである。

病気が進んだからだろう、祖母は「裏の家」に移された。それからは、だれが祖母を看《み》とったのか、私はあまり祖母に近よらなかった。だから、あるめずらしい事件がおこらなかったら、祖母が「裏の家」に寝ていたことをおぼえていなかったにちがいない。

しかし、大正元年の秋(?)のある日、私たちは、ふしぎなものを見た。

裏の家の庭から見はらす富士山の方角に、半分ふくらんだ紙風船のようなものが、横長にぽっかりうかんだのである。新聞に予告があったのだろう、家にいた者が、全部、その庭に集まった。祖母をおぶって、それを見物させるためであった。それは「飛行船」というものだと、私は教えられた。そのふしぎなものは、静かに北へ流れていった。

そのあと、また祖母は、奥の間にもどったのだろう。奥の間の祖母の枕もとで、東京から来た二人の叔母が座って、泣いていた。私はめずらしいものを見るようにそのようすを見たが、祖母の病気の重いことも、叔母たちの涙の意味も、少しも理解できなかったようである。

そして、そのつぎにつづく祖母の記憶が、小菊のなかにうかんだ顔になるわけである。

祖母は、きれいなひとだったと、上の姉たちから聞いた。しかし、その面だちも、声音も、私には思いだせない。

こうして長いあいだ、ただ漫然と、あまり自分とは縁がふかくなかったと、目鼻だちさえはっきりしない祖母のことを考えてきたのだが、記憶というものはふしぎなもので、この原稿を推敲《すいこう》しているうちに、私はふっ、ふっと、祖母との交渉について二、三のことを思いだした。一つは、祖母のまえで、大きな声で唱えごとをさせられている自分の姿である。祖母のほかに、まだどこかのおばあさん連が、そこにはいたようである。

私が唱えていたのは、こんなことだった。

「ととさんの名は、阿波《あわ》の十郎兵衛《じゆうろべえ》と申します。かかさんの名は、お弓《ゆみ》と申します……」

一生懸命、唱えおえると、そこにいたひとたちが、みんなで「よくできた、よくできた」とほめてくれたような気がする。

それから、「梅ガ枝《うめえ》の手水鉢《ちようずばち》」というような唄を教えてくれたのも、たしか祖母であったにちがいない。

家では、奥の縁側と井戸屋形《いどやかた》とのあいだに、二坪《つぼ》ほどの小庭が入りこんでいて、そこに深さ十五センチ、さしわたし六十センチはあったろうと思える手水鉢が、何かの台にのせてあった。便所から出てきた者は、便所の外の「二畳《じよう》」という名の板《いた》の間《ま》からぬれ縁に降り、手をのばして、手水鉢のふちに渡してある竹柄杓《たけびしやく》で水をくんで、手を洗うのである。私は、「梅ガ枝の手水鉢」の唄をうたわされるたびに、「ああ、ああいう手水鉢をたたくのだな」と思った。

きっとこのような芝居の科白《せりふ》や唄は、町家の年よりが、幼児が「ちょちちょちあわわ」などの練習がすむと、そのあとでだんだんに教えこんだものだろう。農家生まれの母だけだったら、やらなかったにちがいない。

私は、母が死ぬまで、母の口から祖母の悪口めいたことを聞いたことがなかった。だから、二人の間柄がどんなものだったか、はっきりは知らない。けれども、二人が、じつの親子のようにむつまじかったなどとは、けっして思えないのである。母は、ほんとうのいなか育ちだったし、嫁にきた家には、町育ちの小姑《こじゆうと》もいた。しかし、この叔母たちも、その後、私の耳に、母に対する批評がましいことばを聞かせたことがなかった。そこで、いまだに、私は、このいく人かの女たちは、特に仲よくやったわけでもなく、がまんしあった間柄なのではなかったかと想像している。

ただ一つ、母が祖母にとった態度で、私の心にささっていることがある。

ある晩、母と私は、何の用事で出かけたのか、下《しも》のほうから帰ってきた。家のすぐそばまできたとき、祖母がひとりで向こうからやってきた。私が「ああ、おばあさん……」といおうとしたとき、母が、くっと私の肩をおさえた。私たちは、あまり広くもない往来の右と左を、だまってすれちがった。家々に灯《ひ》がともっている時間だったから、祖母は、私たちに気がつかなかったかもしれない。

私は、「おばあさん、脂《あぶら》みを買いにいくんだな」と思った。祖母は、そのころ、体があたたまるといって、ブタの脂みを薬のようにしてたべていたのである。しかし、祖母に声もかけないですれちがってしまうことは、幼い私にも、「あれ、へんだ」と思われたのだろう。そう思わなければ、あの宵《よい》の、風呂敷をまるめたようなものを片手にもった、さびしげな小さい姿を、いまになって思いだすはずがない。

いま、自分が祖母の年近くなってみて、そのときの母と私の行いのなかに、若さのもつ残酷さを見る気がする。

焼きはまぐり

浦和は海に近くないのに、どこをどう運んでくるのか、よく鰯《いわし》やはまぐりの呼び売りがきた。

鰯だと、「いわしこぅい、いわしこい!」というような威勢のよい声をはりあげて、半ば走るようにしてやってくる。私は、そういう呼び売りは東京からずっと走り通してくるのだとばかり考えて、くたびれるだろうなと心配した。しかし、じっさいには、そんなことはできるはずがない。するとあのひとたちは、どういう道を通ってやってきたのだろう。川口あたりまで船ででもやってきて、それから、人家のあるところにくると、威勢よく叫んだのだろうか。

はまぐり売りがくると、祖父は、よくそれを買い、自分で台所の七輪で焼いてたべさせてくれた。ほかの子どもたちは、昼間は家にいないはずだったから、たぶん、私がおぼえているころの焼きはまぐりは、おもに祐姉と私が御馳走になったのだろう。祖父は、七輪に餅網《もちあみ》をのせ、その上に大きなはまぐりをならべておく。まるで餌を待つひなのようにそばにしゃがんで待っていると、やがて、はまぐりのふちから、ジュクジュクとおつゆがしたたりはじめ、それが火の上におちて、おいしいにおいが台所じゅうにひろがる。そのうち、貝のふたがぱくっと開く。すると、祖父はやっとこでふたを上手にもちあげ、小皿にのせてくれる。

私たちは、貝が少しさめるのを待って、おつゆをすい、中身をたべるのだが、うすい塩――海水の塩気だったのだろう――のきいたそのおつゆと身のうまさといったらなかった。大きくなってから、祖父のまねをしてはまぐりを焼いてみたことがあったが、あんなにおいしいはまぐりには二度とめぐりあったことがないし、また網の上で焼くと、上を向いたほうの殻《から》が、うまく身からはがれて開いたことなどなくて、いつもだいじなおつゆをこぼしてしまう。

祖父に焼いてもらったときは、そんなことは一度もなかったような気がする。焼く途中で一度ひっくり返したのだろうか。それとも、祖父は、外から見て、どっちがわに貝の柱がしっかりくっついているか、見わけがついたのだろうか。

（文姉などは、大きくなってから、はまぐりを焼くとき、おじいさんは、はまぐりの柱のついているところを殻の上から箸《はし》でなでて、おまじないをしたんだよと言った。これは祖父の冗談をそのまま使って、私たちをからかったのだろう。）

祖父は、このようなことを私たちにしてくれるとき、いかにもそうすること自体が、自分の満足であるようにやった。

動かなくなった祖父

その祖父が、ある晩、もう寝るためであったろう、火鉢の前から立ち上がろうとして、よろよろとよろけた。祖父は、ちょっとおかしそうな、笑うような顔をした。そばにいた母や、そのほかにもだれかがかけよって、祖父を支えて、奥へつれていった。

それきり、祖父は寝こんだ。それから、どのくらいたって祖父が死んだのか、私は知らない。祖父の寝ていたのを見た記憶がないところから考えると、倒れてから、まもなくだったのかもしれない。臨終のもようも私の頭にはなく、つぎにくるのは、お通夜の晩のことである。

中の間の畳がはがされ、そこにたらいがおかれて、祖父の気に入りのむこ、郵船会社にいっていた叔父——と、多分、父と——が、たらいで祖父にお湯を使わせていた。まわりに大勢のひとがいた。私は、部屋のどの隅からそれを見ていたか、その角度もおぼえている。祖父の体を清め終わると、経《きょう》かたびら——というものだということは、のちに知ったことだが——を着せ、その背中に叔父が、りっぱな字を書いた。それから、四角い棺のなかに座らせた。

いつも唐金《からかね》の火鉢を前にして、大音声《だいおんじょう》をあげて表を通るひとによびかけていた祖父が、いまは、目をつぶり、すべてをひとに任せていた。私は何ともいえない気もちにうちのめされた。私は、そこにじっと立っていることができなくなって、表の部屋から土間に降り、庭に出る出口から、まっ暗な外に出た。そして、どこへというわけでもなく——どこへでもよかった——歩きだした。けれども、何歩もいかないうちに、文姉が追いかけてきて、つかまえられた。

私は、はたから見て、いくらかおかしなようすをしていたのだろうか。姉は、そのとき、私の手をとって、家につれてはいりながら、とってつけたようなことを私にいった。

「牛込《うしごめ》で鮎《あゆ》ちゃんて女の子が生まれたんだって」

姉は、私を慰めるつもりで、知恵をしぼって、祖父の死とはできるだけ遠い、喜ばしいことをいってくれたのかもしれない。あまりとっぴなことだったので、私は、そのことばを忘れることができない。私は、四歳十カ月で、文姉は十四歳だった。

いま考えると、祖父の死が私に感じさせたのは、無常感であるとしか思えない。いつも火鉢の前にじっと座って、私を「たまご」とよんでくれた祖父が、日ごろ、私にあたえてくれたものは、幼児にとって、そのくらい重かったのだと思えてならない。

母との遠出

＊その母にも、年に何度か、実家に帰るとか、東京に嫁《とつ》いだ姉の家に泊りにいくとかいう、節季節季の泊りがけの外出があった。

母につれられて、母の里にゆくことは、祐姉と私にとっては、たのしい遠出だった。私たちが、ともに学校にゆくようになってからは――それは、祖父母が亡くなり、母が自分で家のきりもりをしはじめた時期とも重なるが――母は、自分ひとりで出かけるようになった。が、それまでは、私たちふたりをつれてゆくのだった。

しかし、道は、三キロほどもあり、五歳の子の手をひき、三歳の子をおぶいでは、町からの土産物《みやげもの》ももてなかったからだろう、私たちは、人力車《りんりき》に乗っていった。あすは、三室《みむろ》の家へゆくというときは、私たちは、いつも、「○○さんの家へいって、あしたの朝、三室まで俥《くるま》をおねがいしますと言ってくるように」と言いつけられる。

その家は、大きな踏切りまでゆく途中の、私たちの家とおなじ側にあった。そして、私たちの家とおなじように、間口の一端《いったん》が台所になっていたのだろう、そこが、腰から上、細かい格子戸《こうしど》になっていた。まえには、何の商売をしていたのだろう。そのころは、もっぱら、ふつうの日は、畑仕事をしていたようである。ただ、変わっているのは、その家には人力車があって、たのみにゆくと、主人の〇〇さんが、その俥をひいてきてくれることだった。（いま考えてみると、〇〇さんというのは、その家の屋号だったのかもしれない。）だが、そのころ、〇〇さんといえば、私たちにとっては、いつもどこかへつれていってくれる、いいひとであった。だから、私たちは、〇〇さんにたのみにいってこいと言われると、喜んでとんでゆくのだった。

きょうだいみなが亡くなってから、私は、いろいろ昔のことが頭にうかび、幼い私たちが、たいへん親しく思っていたその〇〇さんのことも思いだしたが、何ということだろう、肝心の、その〇〇という二音の名前が、のど元まで出かかっていて出てこない。かなりながいあいだ、もどかしい思いをしたあげく、私は、ちょっとした用事をわざわざこしらえて、浦和の甥のところに出かけた。そして、駅を一つ乗りこして、北浦和で降り、小さいときに歩いた道を、生まれた家のあったほうへ逆にもどってみた。踏切りは、鉄道の上を通るコンクリートの浦和橋になり、あたりのようすは変わりはててしまっていたが、それでも、旧中仙道《きゅうなかせんどう》沿いには、何軒か、昔のおもかげを残している家があった。

うれしいことに、○○さんの家もそのうちの一軒だった。ただ全体が小さくちぢんだようで、屋根はトタン板に変わっていたが、それはまぎれもなく、私たちが、「あした、三室まで俥をたのみます」と、とびこんでいった家だった。いまは、どんなひとがそこに住んでいるのだろうと思いながら、私がその家の前を通りすぎもしないうちに、「タへさん」という名が、私の頭に、ぽん！　ととびだしてきた。○○さんは、タへ（多兵衛《たへえ》）さんだったのだ。

私が喜んで、そのことを甥に報告すると、甥は、「多兵衛さんてのは知らないけれど、あの家は大村さんだよ」と言った。

話をもとにもどして、いよいよ、三室に出かける日になると、母は、髪も、前日、髪結《かみゆ》いさんに来てもらって、新しく結いあげてあるし、身なりもさっぱりと、いかにもよそゆきというようすになる。私たちも、上からのおさがりながら、「いい着物」に着がえさせてもらって、俥を待つ。

やがて、タへさんが、あまり新しくない俥をひいてやってくる。まず、母が乗り、私は、母に抱かれ、姉は、母のひざのわきに立つ。その三人の足をタへさんが、俥からこぼれおちないためのように、毛布でしっかり包んでくれる。それまでの、あの梶棒《かじぼう》をおろした俥のなかの、つんのめる感じ、何もかもが、三室へゆくというたのしみにつながっていた。

さて、梶棒があげられ、私たちの体が、まっすぐ安定した角度になおると、夕へさんは、ごくゆっくり走りはじめる。母と夕へさんは、世間話をしながらゆく。中仙道を上《のぼ》り、大きな踏切りをすぎると、俥はすぐ右に折れる。はじめのうちは、木立のなかに農家が散在する林がつづくが、そのうち、俥は、開けたところに出る。畑が大きくなり、家のまわりの森が小さくなるのである。どの家も小さな森を背にして、広いみどりの畑にうかんでいるかのような風景は、ほんとうに気もちよかった。（私は、おとなになってから、はじめて汽車で瀬戸内海沿いを通り、静かな海にうかぶ島々を見たとき、幼い日に、俥の上からながめた、この光景を思いだした。）

ただ、三室までの道は、小さい子どもたちには、かなり遠かった。一つの森かげから出て、つぎの長屋門が向こうに見えると、私たちは、かならず「あれ、三室の家？」と聞いて、夕へさんと母に笑われた。「まだまだ」と、ふたりは答える。こういうことはあったが、母に抱かれて、ゆらゆらゆくことは、たのしいことだったろうから、私たちは、たいくつして、ぐずったという思い出は一度もない。私のただ一つの不満は、いつも母のひざにのせられるのでなく、姉のように、いかにも大きい子らしく、母のひざのわきに立ちたいということだった。

＊三八ページ。『幼ものがたり』中の前話「母」をうける。（編集部注）

ねえさん

私たちきょうだいは、一ばん上の初姉と末の私とでは、年が、十六ちがった。だから、初姉のおぼえていたわが家のようすと、私のおぼえていることとのあいだには、かなりの差があったにちがいない。たとえば、初姉が生まれたころ、まだ家には、父の妹が二人、嫁がずにいたのに、私が物心ついたとき、その叔母たちは、もう東京に出て、私よりも大きな子どもを二、三人ずつ持っていた。

私が、三、四歳のころ、初姉は、もう女学校も卒業し、お針《はり》に通っていた。背の高い、髪を束髪《そくはつ》に結った、グラマー・ガールであったような気がする。私たちは、この姉だけをねえさんとよび、兄をにいさんとよび、あとは、名前でよびあった。ねえさんは、きょうだいじゅうでも、一種、別格の感があった。祐姉などにとっては、きょうだいというより、半分、母がわりであったのだろう。（そういえば、私は、*まえのところで、花姉《はなねえ》が祖母にかわいがられたと書いたが、それは、子だくさんの家では、下に子どもが生まれると、すぐ上の子の面倒を、比較的手のあいている者がひきうけたせいであったかもしれない。)

そして、私にしてもまた、お茶碗のごはんを自分の口に入れてくれた初姉の手をおぼえている。初姉は、菜っぱのつけ物をひろげて、それでごはんをくるみ、「おすしだよ」と言って、口につっこんでくれる。いそがしい家では、小さい子どもに早くごはんをたべさせる工夫を、いろいろしたのであろう。

父は、よく夜も外で食事をし、折詰《おりづめ》のおみやげをもってくることが多かった。(そのころから、銀行員は、いつも宴会をしていたのかもしれない。)そのようなとき、翌朝、初姉は塩焼きの鯛《たい》をほぐして、祐姉と私をそばに座らせ、鯛の肉の一ばんおいしいところだといって、頰肉《ほおにく》をとり、二人の口に一つずつ入れてくれた。それから、ごはんがすむと、鯛の頭の骨をほぐして、「弁慶《べんけい》の七つ道具」をさがしてくれた。それは、斧《おの》やまさかりのようなかっこうをした小さい骨で、「七つ道具」さがしで、ごはんはたのしく終わることになるのである。

ねえさんは、朝、弟妹たちと自分のお弁当をつくり、台所の片づけなどを手伝ってしまうと、風呂敷包みをもって、長屋門から出てゆき、夕方、また、裏の道を帰ってきた。裁縫がたいへん上手で、お師匠さんの代りに花嫁衣装や「せんだいひら」の袴《はかま》も縫うのだということだった。祐姉と私は、ねえさんの帰りの時間を知るために、わりに早く時計の見方をおぼえた。もちろん、何時何分というように、数字が読めるようになったわけではないが、短い針と長い針が、大体、どんなかっこうになると、ねえさんが帰ってくるというふうにである。

その時刻が近づくと、私たちは、長屋門の外の道に立って、南のほうを向いてねえさんを待った。裏の道のはしにねえさんの姿があらわれ、笑顔でだんだんに近づいてくるときのたのしさは、何ともいえなかった。が、また、ときには、少々うしろめたい気もちで、ねえさんの帰りの時刻を確認する必要のあることもあった。

というのは、ねえさんは日本のお針が上手なくらいだから、雑誌などに外国ふうのエプロンの作り方などが出ていたりすると、すぐありぎれで私たちに縫ってくれる。肩のところにひらひらのついた、近所の子どもなどはだれひとり着ていない、そのハイカラなものを身につけることが、私たちにはたいへん辛《つら》かった。だから、ねえさんが、朝、家を出ると、すぐぬいでしまう。そして、夕方、ねえさんの帰る時刻に、また、ちゃんと着て、裏の道に立つのだった。

私が五歳のときに結婚して、家を出たねえさんについて、とくにはっきりおぼえているいくつかの場面が、どれも、何となく憂いをおびているのは、いま考えると、この姉の、わりに短かった一生を予言していたようで、ふしぎな気がする。

私と本とのはっきりした関わりは、ねえさんを仲介にしてはじまる。私は、ある冬の夜、ねえさんに抱かれて、炬燵《こたつ》にあたりながら、「舌切り雀」の絵本を読んでもらっていた。目の前のふとんの上に、あまりはでてない、木版《もくはん》刷りの絵本がのっていた。本を開くと、そこにおじいさんとおばあさんと雀のいる絵があった。姉は文字を読みながら、ページをくっていったのだろう。あるページには、はさみをもったおばあさんが立っていて、雀がとんでいく絵があった。そして、また姉がページをくり、そこにおじいさんとおばあさんが向かいあって立ち、雀がどこにもいないのを見たとき、私は自分の唇がひきつってくるのをどうすることもできなかった。私は、一生懸命、がまんしようとした。しかし、涙は私の目からはふりおちてきた。おじいさんが帰ってきたのに、雀がいない、この別れのかなしさを私はがまんできなかった。（いまでも私にとって、「舌切り雀」は勧善懲悪《かんぜんちょうあく》の話ではなく、愛情の物語なのだが、昔の素朴なひとたちにとっては、どんなものだったのだろう。）

これが、私が本というものをはっきり頭にとめた最初の機会だった。

それから、またある日、お針屋《はりや》さんの、休みの日だったのだろうか、ねえさんは家にいて、奥の間の掃除をしていた。雑巾をかたくしぼって、床《とこ》の間《ま》のモミジの木の床柱《とこばしら》をきゅっきゅっと拭いていた。私は、どうしてそんなに拭くのかと聞いた。

すると、ねえさんは、「こうやって拭くと、木が光ってくるから」と教えてくれた。

六十何年かまえに聞いた、この朝のねえさんのことばを、私は、いままで何度思いだしたかわからない。

「きゅっきゅっ」といえば、ねえさんといっしょにお風呂にはいると、きまっていわれることばがあった。ねえさんは、私たち——と、いうのは、私は、たいてい、祐姉といっしょにお風呂に入れられたから——を代り番に流し台に立たせ、シャボンをぬったり、こすったりしてくれながら、言う。

「きゅっきゅって音がしてくれれば、きれいになったんだからね」

そこで、私たちは、ごしごしこすられながら、じっと耳をすます。私の皮膚は二、三度こすられると、すぐ「きゅっきゅっ」と鳴った。すると、私は、「きゅっきゅって鳴った！」と叫ぶ。

「この子は、ちっともよごれない」

「襦袢《じゆばん》の衿《えり》だって、切れるまでよごれないんだよ」

こんな問答を、姉と母がしていたのを聞いたことがある。（そのころ、私たちは、冬、肌襦袢《はだじゆばん》と着物のあいだに、赤いフランネルの襦袢を着せられ、その襦袢には、メリンスなどの衿がかかっていた。）そんなことを言いあう母たちの口調から、私は襦袢の衿がすりきれるまでよごれないのは、いいことなんだという感じをうけた。

そのころから、私は貧血症の、脂っけのない人間だったとみえる。

ねえさんは、時どき、東京に出かけた。神田には、父の姉がいた。このひとは、早く未亡人になり、幼稚園に納める「おんもつ（恩物）」——いま、『広辞苑』でひいてみたら、「おんぶつ」とあるが、私は耳で聞いて、「おんもつ」とおぼえていた——というものをつくって生計をたて、子どもを育てていたから、ねえさんは、祖父母の代理に季節季節の見舞いにいったのだろう。そんなとき、ねえさんは、祐姉をつれて出かけた。何の前ぶれもなく、突如、家のなかからふたりが消えていなくなる。

残された私は泣いたにちがいない。しかし、中仙道をへだてて、すぐ前の荒物屋《あらものや》には、Sちゃんという私より一つ年下の女の子がいたから、私は、おいてきぼりにされたことは、すぐ忘れたろう。

けれども、ねえさんと祐姉が、早く帰ればいいとは、いつも思っていたにちがいない。ある日、私は、家の一ばん表に近い座敷に立って、表を見ていた。私の家は、通りからは少しひっこんでいて、家の敷地はちょっと高く、だらだらと道のほうへ下るようになっていた。その道と家の敷地の境の一線を伝うようにして、ねえさんと祐姉が家のほうに近づいてくるのが見えた。ねえさんは、私を見つけると、にっこり笑い、祐姉は、ねえさんにしなだれかかるようにして、はにかみ笑いをした。私は、うれしいのか、はずかしいのか、何かが、体のなかをドキーンと突きぬけたようで動けなくなり、じっと立っていた。
ねえさんたちが東京から帰ってくると、女の子にはたのしいおみやげがたくさんあった。色紙や、さまざまな色の細長い紙のひもや、「どうさびき」とよんだ、キラキラしたもののついた美しい紙など。こういうものは、伯母が幼稚園に恩物《おんもつ》を納めるときに、はねられた不良品や裁《た》ちくずだったのだが、私には、それが宝物のように思われた。私たちは、それで「ざんざら」をつくったり、「ちりちり」をつくったりして遊んだ。祐姉が、そのおみやげを私有物視して、少ししか分けてくれないと、私は泣いてさわいだらしい。母が祐姉に、「まだ小さいんだから、ちょっと持たせておけば、すぐ忘れるよ」と言い聞かせていたのをおぼえている。

あるとき、ねえさんにひな市《いち》につれていってもらったことがあった。ほかにも、どの姉かがいっしょにいったのだろうに、そのことはちっともおぼえていない。ひな祭りが近づくと、浦和の町では、中仙道の南寄りと、町の中央へんとに分かれて、ちがった日に、二度、市がたった。私たちが出かけるのは、もちろん、家に近い、仲町《なかちょう》というところにたつ市であった。ひなを売るひとたちは、道路の両がわの店々に向かいあわせに、自分たちの屋台をずらっとならべてつくり、道路のまん中は通行のためにあけておく。ひなを買うひとたち、見るひとたちは、店々と屋台とのあいだのせまい場所を練り歩くのだから、その混雑は、たいへんなものだった。私が、生まれてはじめて見るほどの人だかりだった。私は、たちまち、ねえさんを見失った。泣きわめきながら、かけまわった。天涯孤独、もう家のだれともあえないんだ、という気もちだった。

しかし、じじつは、ねえさんはすぐそばにいて、笑いながら、私をつかまえてくれた。

その日は、とてもあたたかい、春らしい日だった。ずらっとならんだ、赤一色といっていい、ひな屋さんの店々に心をうばわれているうち、ある瀬戸物屋さんの前で、突然、不幸のどん底におちこみ、そして、ねえさんの手で救いだされたこの日のことを、まるできのうのことのように思いだすことができる。


また、べつのお天気のいい日、ねえさんは井戸端で洗たくをしていた。私はしゃがんで、それを見物し、ふたりは何かおしゃべりしていた。ねえさんの額にかかっていた乱れた髪が、風に揺れていた。私は、そこに、私にはわからない「おとなの世界」というものを感じた。私も、いつか、ねえさんみたいに大きくなるのかなあと思った。その予想は、たのしいというより、いやなものであった。

なぜ、私がそんなことを感じたのか。これは、まったく私の臆測だけれども、私は、ねえさんの体全体からにじみ出る、憂いを感じたのではないだろうか。ねえさんは、祖父母にとっては初孫《ういまご》だったから、祖父母たちの秘蔵子《ひぞっこ》であり、よそに嫁《か》した叔母たちにとっても、おはっちゃんは、石井家の子どものなかでも特別な存在だった。ねえさんは、肉親の愛情には不足なく育ったはずであった。しかし、ねえさんが適齢期になり、家の者たちが、ねえさんの相手にと思い、ねえさんもそうねがっていたひとは、なかなか結婚を申しこんでこず、いよいよその話が出たとき、ねえさんよりもずっと年下の文姉を望んだのだということ。私は、ねえさんの死後、二十年もたってからその話を聞き、胸を打たれた。

＊四二ページ。『幼ものがたり』の「まえがき」に当該記述あり。（編集部注）

たのもしい兄

いつごろのことか、はっきりわからない。私は、ある晩、鬼の夢を見た。鬼は、富士山をのぼってゆくところだった。そのかっこうは、はっきりシルエットになって、私に見えた。

そのころ、富士山は、私にとっては世界の果てでありながら、同時にたいへん身近な存在でもあった。家の長屋門の外の、茶の木の生垣のあいだの細道を十メートルほど、だらだらと下り、また、三、四段の段々を降りると、そこは、中仙道と平行する「裏の道」だった。裏の道を越え、その先の草の生えた一メートルほどの土手を下ると、そこから向こうには、畑や堀——どじょう取りなどのできる——、それに田んぼなどが、広々とひろがっていて、その平地を、私たちが山とよんでいた雑木林が低い生垣のようにとり囲んでいた。少し左手寄りの林の手前に、男子師範学校、中学校の屋根が桜並木にかくれて、ならんでいた。学校の屋根のちょっと右手に富士山が見えた。そのころの空気のせいだったろうか、何だか、朝晩、長屋門から裏をのぞけば、ほとんど毎日、富士山にお目にかかれたような気がする。幼心《おさなごころ》にも、富士山は、たいへん美しいものだった。

夢では、その富士山の上を、角を空中につきたてた鬼が、どんどんのぼっていったのである。鬼は、富士山との比率からいって、サイズがたいへん大きかった。私の祖父は、富士山に何十回ものぼったという話だったし、「一寸法師」のような鬼の出てくる話などは、いつも聞いていただろうから、それが、私の心の中で、まぜこぜになってしまったのかもしれない。

そのつぎの日、私は、ひょいひょい、鬼のことを思いだしては心配していた。よいお天気の日で、日曜ででもあったのか、兄が井戸端で切りだしを研いでいた。私の家の井戸端には、砥石《といし》が二、三種類おいてあり、おとなたちは必要のあるたびに、庖丁《ほうちょう》やそのほかの刃物をそこで研いだ。切れ味のわるくなったものは、荒砥《あらと》で刃をたて、つぎに目のこまかい砥石でなめらかに研ぎ、親指の腹でこすって切れ味を試してみたりする。そういうおとなたちの所作を見ているのが、私はすきだった。

私は、このときも、井戸屋形の柱によりかかって、兄が切りだしを研ぐのを見ていた。そのうち、私は、がまんできなくなって、「鬼って生きてる?」と聞いた。兄はおどろきも何もしないで、「生きてない」と答えて、切りだしを研ぎつづけた。

その無雑作な態度を、私は、何とたのもしく思ったことか。(そのくせ、私は、それからも、鬼の出てくる話をけっこうたのしんだし、鬼なんてウソだと、ばかにする気もちには、けっしてならなかったが。）

シャケの頭

文姉は、私とは十歳ちがいであった。この年齢のちがいから、きょうだいのうちで一ばん多く私の守りをさせられたのは、文姉のようである。文姉は、きょうだいじゅうで学校が一ばんよくできた。しかし、そんなことは、幼い私には何の関係もないことだった。そのようなことは、私が大きくなってから、世間や女学校の先生たちから聞かされたことであった。

文姉が学校から帰ってくると、私はそれを待ちかまえていて、縁側の外に立つ姉に、体ごと、どうんとぶつかっていったのだそうだ。そこで、姉は、学校道具を包んだ風呂敷包みを縁側におき、袴をはいたまま、私をおぶって庭を一巡《いちじゅん》する。すると、私は、いちおう満足したのだという。

こまかい、個々のことは、はっきりおぼえていないのだが、この姉の背中にきっちりくくりつけられて、あちこちへ出かけた記憶は多い。そのころは、たいていの家に子どもが多く、手伝いのいる家はべつだったろうが、そんな家は、私の家の近くにはなかった。そこで、上の子は、学校から帰ると、下の子どもたちの面倒を見、下の子が小さければ、その子をおぶって、家の表や裏へ出る。

そういうわけで、文姉も、袴をぬぐと、また改めて、私をきちんとおぶわされて、外に出る。外では、それぞれに弟妹たちをつれたり、おぶったりしたおなじ年ごろの子どもが、あちこちからあらわれて、遊びがはじまる。姉たちの遊びは、さまざまであった。私たちが「山」とよんでいた林へ、木の実——姉が何かの枝を折ろうとしたとき、木の葉がバサバサと、背中に負われた私の顔にぶつかった記憶がある——を取りにゆくこともあれば、かくれんぼのこともあり、敵味方に分かれて、敵の陣の子を捕える遊びのときもあった。とにかく、私が肌身でおぼえているのは、背中の上でゆっさゆっさ揺られながら、とんで歩いたことである。そのようなとき、その勝負に本式に加わっている者たちは、当然、熱中して、走ったり、叫んだりするが、しょわれている小さい子どもたちのあいだにも、またべつのつきあいが生まれて、騎馬戦《きばせん》の騎士になったように興奮した。

ある日、私は、遊びでおなじ組になった、やはり背中に負われたひとりの子と、何かの理由で特に仲よくなった。

私は、遊びが終わって、そのまま、その子と、なんでもなく別れるに忍びなかった。そこで、姉の耳にささやいた。

「家に帰ったら、コリコリを□□ちゃんに分けてやろうね」

(こういったところをみると、姉たちは、外でひと遊びしてから、広い私の家の庭へ、みんなで何かをしにもどろうとしていたのだろうか。)

コリコリというのは、塩ジャケの頭の軟骨《なんこつ》のことで、私の大好物であった。そのころの習慣で、暮れになると、私の家では、塩ジャケのお歳暮をたくさんもらった。それを、台所の土間の上の壁ぎわにずらりと掛けておき、祖父が甘塩《あまじお》のから切ってゆく。いつもその行事は、日のあたる縁側でおこなわれた。大きなまな板、切れる出刃庖丁が用意される。

祐姉と私が、どこか、家のなかにいれば、祖父は、いざ、庖丁を入れるというときになって、「おさしみのすきな子やぁい!」と、大声でよぶ。私たちはとんでいって、まな板の前にならんで座る。

祖父は、縁側のすぐそばに腰かけをおき、そこにかけて、シャケを切りはじめる。まず、思いきりよく頭をおとし、尾のほうから、サクサクというか、コリコリというか、いかにも骨すれすれのところを切り分けるような音をたてて庖丁を入れてゆくと、魚は、美しい、うす赤い、うすい二枚の身に分けられる。開かれたシャケの腹のくぼみには、細長い、黒い、くにゃくにゃしたものがくっついている。私たちは、それを「しおから」とよんで、からくて、にがくて、いやなものだと思っていた。祖父は、そのしおからを身からはがし、宙にぶらさげる。そして、私たちに、「のみこむな!」と思わせるだけの間をおいて、ぺろりとのみこむ。私たちは、それを、きゃあきゃあ言って見物した。

しおからの曲芸がすむと、私たちの待っていた「おさしみ」の番である。シャケの身の一ばん柔らかそうで、おいしそうなところを、祖父は、うすくうすくそぎとって、私たちに二切れぐらいずつくれる。(いま考えると、祖父も私たちも、よくも、何とか虫《ちゅう》という虫におかされなかったものである。)そして、この儀式がすんではじめて、祖父は、本式に切り身をつくりはじめるが、頭をとったほうから、きれいに庖丁を入れていくさまは、子どもながら、その手ぎわのよさに見とれた。当座たべる分は、そのままでとっておき、あとは、酒かすにつけるのだった。この酒かすにつけたのを、私は好まなかった。

さて、切り身はたくさんできるが、シャケの頭は、一ぴきに一つしかない。大人数の私の家で、シャケの頭が、特に珍重《ちんちょう》されるようになったのは、そのためだろうか。私たちきょうだいは、みな、シャケの頭の軟骨、「コリコリ」がだいすきだった。私などは、そのころ、おさしみ(ほんとうの)のつぎの御馳走だと思っていた。それも、さいの目にしたり、酢につけたりする、しゃれたお料理ではなく、二つ割りにした頭を焼いて、熱湯にくぐらせ、かぶりつくようにしてたべるのである。祐姉と私が、それを好むようになってからは、上のきょうだいたちは、コリコリを私たちにゆずってくれていたようである。

「コリコリを□□ちゃんに分けてやろうね」と、文姉にささやいた日、私は何の理由で、□□ちゃんをそんなにすきになってしまったのだろうか。とにかく、シャケの頭を分けてやるということは、そのころの私にできた、精いっぱいの好意を示す方法なのであった。

こんなふうに、しょっちゅう、妹たちをおぶったから、自分はひねて、大きくなれなかったのだと、文姉はおとなになってから冗談にいっていた。じじつ、文姉は、きょうだいじゅうで一ばん背が低かった。

花姉

家のほかの者の場合には、幼い目にうつった姿がひょこひょことうかんでくるのに、まるでそこに穴があいているように、思いだすべき手がかりのないのは、花姉も、父の場合とおなじである。どうしてなのか、私にはわからない。強いて考えれば、花姉は私より五つ上、そして、文姉よりは、五つ下である。私は花姉といっしょに遊ぶには小さすぎ、花姉は、私に何かを教えるほど、年上でなかったということかもしれない。ふたりの関係は、私が幼いころは、薄かった。私が、はっきり花姉の姿を思いだすのは、私が小学校にあがって数日後のことである。私は、まだ学校のなかのことも、まったく不案内な一年坊主、花姉は、最上級の六年生だった。私は、校庭で、朝礼のはじまるまえ、やはり私の家の近くから一年にあがった女の子といっしょに、六年生が屯《たむろ》しているほうへいってみた。すると、花姉は、友だちとふざけあっているところで、もうひとりの六年生と腕を組み、私たちの前を気どったようすで歩いてみせた。そのときの花姉は、私にとっては、先生とおなじくらいの年ごろに見えた。それほど、花姉は、祐姉とはちがって、私とは遠かったのである。何か、花姉だけが、祖母の秘蔵子《ひぞっこ》として、べつのところにいた感じであった。

そのくせ、花姉と祐姉がきょうだいげんかをするのを、私はちょいちょい見ていた。あるときは、ふたりは、はだしで縁側から庭にとびだし、追いつ追われつした。どういうわけか、私はその仲間にはいらなかった。私は、縁側に立って、べつにはらはらもしないで、そのふたりのとっくみあいを眺めていた。

花姉は、結婚してからリューマチになって、びっこをひくようになり、あまり外を出歩かなくなった。そのころになって、私は他の姉よりも花姉の家をしばしば訪ねていくようになり、また、花姉も、戦争中などは、他の姉よりも独り暮しの私のことを心配し、食糧をためておいてくれたりした。私が一ばん気らくに泊りにゆけるところは、花姉の家になり、花姉もそれを待っていてくれた。

そして、花姉は、私が昭和二十九年から三十年にかけて、外国にいっている間に、脳溢《のういつ》血《けつ》で死んだ。私は、いまでも、花姉のことは、他の姉たちとは、一種ちがったいとおしさをもって思いだす。人間同士の気もちのつながりの道筋というものは、ふしぎなものである。

「さらいねん」

祐姉が、学校にあがることになった。

これは、私にとって大きなできごとだった。もうそれまでにも、ほかに三人、毎日、学校へいっているきょうだいがいたというのに、どうして、祐姉の入学だけが、そんなにめずらしい大事件に思われたのだろう。もっとも、ほかの三人は、私が物心ついて以来、毎日、学校に出かけていたから、私は、かれらが、祐姉や私のように、幼いころは家にいて、それから、学校へいったのだと思わなかったのかもしれない。

ところが、いま、家の者たちは、祐姉のために袴を用意し、教科書や石板やかばんをそろえはじめた。上草履《うわぞうり》や草履袋も買い、そういうものには、「イシヰユウコ」という名が書かれた。私は、家じゅうで、姉だけが、「イシヰ」という、一種の位《くらい》のようなものをつけた人間になるのだと思った。つまり、姉が学校にゆくことは、家じゅうでも、ひとり、別格な人間になることなのである。

　そうして、ある日、祐姉は、ねえさんにつれられて、小学校に入学した。

　しかし――そのころ、私には考えもつかないことだったが――この学校へあがるという事件は、姉にとってはたいへん恐ろしいことなのであった。ねえさんは、毎日毎日、祐姉といっしょに学校へゆき、いっしょに帰ってこなければならなかった。そして、授業中は、祐姉の教室の廊下の外に立ち、時どき、ガラス窓からちらちらと顔を教室内にのぞかせて、ここにいるよということを知らせなければならなかった。そうしないと、祐姉は、いても立ってもいられなくなるのであった。

　私は、このような事情で、祐姉が、家じゅうの「こまりもの」になりはじめていたことなど、ちっとも知らなかった。大きくなって、家の者が、そのことを笑い話にするようになってから、家族じゅうが、そのことでいろいろ相談しあったらしいことを知ったが、そのころは、おとなたちが、私のそばでそのことをこぼしたこともなかったし、祐姉から、学校へゆくのが、いやだと言われたこともなかった。

　ただ、時どき、私も学校につれてゆかれ、祐姉の教室の外の校庭で、ねえさんに遊んでもらうことがあった。しかし、それは、むしろ、私には、特別のたのしみで、まだ学校にあがる身分でもないのに、校庭で遊べることなど、誇らしいことのようにさえ思えた。

　女子師範附属でもあり、町立の小学校でもあったその学校は、中仙道の北の端にある私の家からいえば、町の南の端近くにあった。中仙道がもうじき町を出はずれるころになって、東へゆく道に曲がると、二百メートルくらいで学校の敷地の角のところに出るのである。生徒数がどのくらいだったのか、つぎたし、つぎたししたように、木造校舎の棟《むね》が渡り廊下などでつながっていて、私には、じつに大きな学校に見えた。祐姉の教室は、学校の東南の角にあり、初姉と私は、二、三時間、その外の校庭をあっちへいったり、こっちへいったりする。校庭は、桜の木に囲まれていたが、その外がわに柵《さく》があり、その外は、道になっていた。

鐘が鳴り、休み時間がくると、校庭は、子どもたちでまっ黒になる。鬼ごっこや、ボール蹴りがはじまり、先生たちも出てきて、四、五人の子どもが、一人の先生にぶらさがったりする。そういう休み時間、私たちは柵のほうに退《の》いて、見物した。そして、また子どもたちが、さっと教室のなかにすいこまれてしまうと、あちこち、ぶらぶらしはじめる。

校庭のすみに、太さ三十センチ近くもありそうな丸太を、高さは五十センチくらい、丸太と丸太のあいだの間隔も五十センチくらいに（上から見ると図のように）地面に打ちこんで、ぴょんぴょん、その上をとんで歩くようにしてある遊び道具があった。ねえさんと私は、よくその丸太に腰かけたり、また、私が、その上をとばしてもらったりして、そこを私たちの休み場にした。

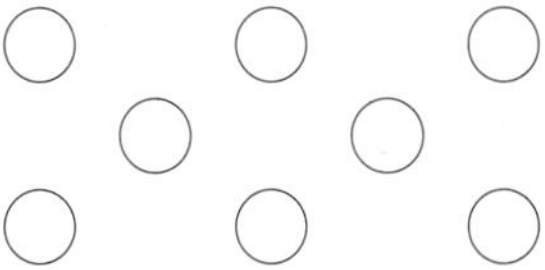

ある日の遊び時間に——それとも、あたりにあまりひとがいなかったから、もう、帰りの時間だったのだろうか——祐姉の受け持ちの先生が、にこにこして私たちのところにやってきて、話しかけた。（この女の先生は、一、二年生を教えるベテランだったとみえ、私が一年になったときも、受けもってくれた。）

先生は、棒の上に立っている私を抱くようにして、「あなたも、じき、この学校にくるのね。いつからくるの？」というようなことを聞いた。

私は、たいへんえらいひとに話しかけられたと思い、一生懸命、「らいねん」と答えた。

先生は、「いま、いくつ？」と聞いた。

私は、「五つ」と答えた。

「じゃ、さらいねんだ」といって、先生は笑った。

ところが、私は、心では、「さらいねん」と答えていたのであった。祐姉が袴をつくってもらい、石板や石筆を買ってもらって以来、私も、「さらいねん」は、そうしてもらえるのだと考えていた。「さらいねん」は、どのくらい遠いのかはわからないが、とにかく、「らいねん」より先だということは知っていた。だから、いま、先生に、自分も「さらいねん」はここにくることを話しているつもりなのに、口がそのことばをいってくれない。

私は、どうして私がこんなにはっきり思っていることを、先生はわかってくれないのだろうと、うらめしく考えながら、棒の上に立っていた。私は、いまでも、私のことばがたりないために、相手が、みすみす、私の考えをちがってとる場合、そして、どう訂正していいかわからないで、その場をすごしてしまうとき、この途方にくれて立っていた満四歳のころの私のことを思いだす。

しかし、ある日から、祐姉は、ねえさんなしで学校にゆくようになった。その前日、学校の帰りに、父の勤めている銀行に寄るようにと言われ、銀行の裏庭かどこかで、父から大目玉をくらったのだそうである。大きくなってから、笑い話として聞いたところでは、なぐられたか、どなられたかというようなことだったらしいが、はっきりはおぼえていない。姉が、ひとりで学校へいけなかったのは、帰り道のどこかの角で、「人さらい」が、ぬっと顔をだすような気がしたからだそうである。ほんとうに私の家は学校から遠くて、途中で友だちと別れると、あとはひとりで帰ってこなければならないところがかなりあった。ねえさんがついていかなくなってから、姉は、どのくらいの期間、「人さらい」の恐怖とたたかいながら、必死の思いで学校から帰ってきたものだろうか。しかし、子どもは、だれも、自分で切りぬけなければならない、そういう心の問題をもっているのだろうし、もつべきなのだろう。それが成長なのだと、私は考える。

まあちゃん

まあちゃんは、一種独特のわが家の一員であった。

まあちゃんは、私が生まれたときには、もう、ちゃんと家にいた。そして、「家のまあちゃん」というだけで、小学も三、四年になるまでは、私たちとどんな関係にあるひとやら、私は考えたこともなかった。私のきょうだいたちも、大体そんなふうに考えて育ったのだろう。

しかし、大きくなるにつれ、いつとはなしにわかってきたことは、まあちゃんが、祖父の姉の息子――つまり、父のいとこ――で、小さいときに何かの大患《おおわずら》いをしたとかで――これも、いつのまにか、私たちは、脳膜炎《のうまくえん》ということにしてしまっていたが――一人前でなくなり、父母が早く亡くなったことから、家にひきとられたというのである。まあちゃんは、その病気のときにすえられたお灸《きゅう》のあとだといって、どちらかの足の親指の爪が割れたようになっているのを、私たちがたのむと見せてくれた。けれども、その病気云々《うんぬん》は、ほんとうのことだったのかどうか、私は、とうとう父の生きているうちに聞かずにしまった。だから、爪にすえたお灸の話なども、まあちゃんと私たちきょうだいのあいだに生まれた伝説だったかもしれない。

まあちゃんは、畑仕事や家のなかの手伝いのほか、私たちきょうだいを順々におぶって守りをし、兄の子どもたちまでもおぶった。ほんとうに、私たちはどのくらいまあちゃんの背中のごやっかいになったものだろう。このごろ流行のことばでいえば、スキンシップの点で、私たちは、母とおなじくらい、まあちゃんのおかげをこうむったにちがいない。

私たちは、おとなになってから、よもやま話のついでに、「まあちゃんに、家の子どもたち、いく人くらいおぶさったろうね」などと言うことがあった。すると、まあちゃんは、うれしそうに笑って、「おうめさんもおぶった」というようなことを言いだすのである。

しかし、うめというのは、父の姉で、まあちゃんより少なくとも、二、三歳は上だったから、まあちゃんがうめ伯母をおぶうはずはなかった。だから、これは、時間や数字にうといまあちゃんの錯覚だった。

けれども、まあちゃんが中年のころ、末っ子として育った私は、じっさいに、まあちゃんがお使いにいくとき、お神楽《かぐら》を見にいくとき、よくその背中にくくりつけられた。まあちゃんが、そういう背中の私を、「まご」というのを聞きながら育ったから、私は、学校にあがるころまで、「まご」とは、小さい子どもをよぶ愛称かと思っていた。祖父が私たちをよぶことばを、まあちゃんは、そのまま伝承していたのである。

こうして、まあちゃん自身は、時の流れにしたがって、少しずつ年をとってゆくという以外、あまり変わらなかったが、おぶわれている側は、どんどん成長して、まあちゃんが買物をするときなどにしでかすまちがいを、背中から観察しなければならないことがあった。たとえば、縁日で、私にお菓子を買ってくれようとして、値段を値ぎり――こういう、そのころのおとなのやることを、まあちゃんは、自分もやりたがった――かえって高くつりあげてはらってしまったりする。私は、一部始終をまあちゃんの首のわきから観察しながら、声をかけることができなかった。そのかわり、家に帰って母に話した。母は、「こまったものだ」というように、「むう!」と、ため息をつくのだった。

まあちゃんは、私から見ると、金持ちで、「まご」に何か買ってやることをたのしみにしていた。私たちは、まあちゃんからおせんべいなどを買ってもらうことを、「まあちゃんにおもって（おごって）もらう」といっていた。まあちゃんは、大きな縞《しま》の財布をもっていて、その中には銀貨――昔の一朱銀《いっしゅぎん》や文久銭《ぶんきゅうせん》のようなものもまじっていたことを、まあちゃんの死後、私たちは発見した――もいくらかはいっていたが、銅貨は、それこそざっくざくであった。親類のひとたちが泊りにくると、まあちゃんに小遣いをくれるのだが、銀貨よりも重くて、数の多い銅貨でくれたからである。

まあちゃんが縁日に出かけるときなど、その縞の財布をふところに入れると、着物の上、まえは重たく帯の上にたれさがった。母は、人ごみでまあちゃんがその全財産をすられたら、どんなにがっかりするかと、いつもとめたのだが、まあちゃんは言うことを聞かなかった。私は、まあちゃんにおぶわれたり、手をひかれたりしながら、その財布から「おもって」もらうことをたのしみに出かけたのであった。

あるとき、まあちゃんは、おぶい袢纏《ばんてん》で私をおぶい、ある評判のいいお菓子屋の店先に立っていた。目の前に大きなガラス瓶がいくつかならんでいて、それに、それぞれちがった飴《あめ》がはいっていた。まあちゃんは、「あれがいいか？　これがいいか？」と、私に聞いた。

お菓子屋の主人が、新しくできたお菓子だといって、半透明の紙に包まれた四角い飴を一つの瓶から取りだし、紙をむいて私の口に入れてくれた。何ともいえない、みょうなにおいがして、私はそれを吐きだした。結局、私たちは、そのとき、昔ふうの鉄砲玉でも買ったのだろう。けれども、私は、その店の主人が、「新しくできたお菓子」といったものは、のちに一世を風靡《ふうび》した「森永ミルク・キャラメル」だったのだなと、学校の遠足にそれをもっていくようになってから気がついた。まあちゃんは、負うた子におもるとき――少なくとも末っ子の私の場合には――金に糸目はつけなかったのである。

まあちゃん行状記《ぎょうじょうき》

まあちゃんは金持ちでもあったが、おしゃべりでもあった。よく祖父の使いでよそへゆくときなど、家じゅうでただひとり、まあちゃんをよびすてにしていた祖父は、「政《まさ》、麦こがしをもっていけ！」と、冗談をいった。麦こがしをたべながら口をきこうとすると、こがしが、ぱっぱっと口から吹きだして、おしゃべりができないからであった。

まあちゃんは、誰彼《だれかれ》かまわず、おなじ方向にゆくひとにすりよっていって、しゃべった。しゃべることは、あまり自分の身辺のことにつきすぎていたから、まあちゃんを知らないひとは、びっくりすることもあったろう。また、うそをつくとはいわないが、早がてんから、まちがったことを得々と述べたてたりすることもあった。たとえば、私が十歳をすぎたころ、まあちゃんが、あるひとに「せがれは、シンガポールにいっております」と話すのを聞いたことがある。「せがれ」とは、私の兄のことで、そのころ、兄は、ある会社に勤め、ビルマにいっていたのである。シンガポールなどという地名は、そのころの海外旅行が船便だったし、叔父がよく来て、祖父に旅行の話をすることなどから、私の家ではちょいちょい口にのぼった。まあちゃんにとっては、シンガポールという調子のいい名前は、外国の代名詞だったのかもしれない。

私は、小さいとき、風邪のあと中耳炎をして、耳鼻科のお医者に通ったことがあった。最初、この先生は、私たちきょうだいがみなおせわになったひとで、家とも親しかった。最初、母につれていってもらえば、あとのつきそいは、まあちゃんで間にあうのだった。

先生は、あるとき、私の耳を見ながら、まあちゃんに、

「まあちゃん、いくつになるね？」と聞いた。

ほんとうなら、これは、まあちゃんには苦手な質問であることを、私は幼いながら知っていた。私が、はたから心配していると、まあちゃんは、ためらいもなく、

「先生より一つ上」と答えた。

「ああ、それじゃ、×××だな」と、先生はある数字を言った。

私は、おかしくてたまらなくなった。まあちゃんが「先生」と言ったのは、私の父のことなのであった。父が先生をしたことがあるので、まあちゃんは、父を「福さん」とよんだり、「先生」とよんだりしていたのである。

いくらそのお医者さんが、私の家と親しいといっても、まあちゃんが、その先生の年を

知っているわけがないではないか。

しかし、そのときいらい私は――父の年やまあちゃんの年を忘れても――まあちゃんが父より一つ年上ということを忘れたことがない。


ほかにも母をこまらせたまあちゃんのわるいくせの一つに針仕事があった。まあちゃんは自分の針箱をもっていた。私がおぼえているのは、丸い、大きな曲物《まげもの》のような箱で、長屋門の物置にしまってあった。

まあちゃんは、自分のシャツや股引《ももひき》にカギ裂《ざ》きなどができると、母のところへもってこないで、一間幅《いっけんはば》もあった物置の大戸をうすめにあけて、こっそり、中にとじこもる。けれども、そのことは、すぐ露見した。できあがりの縫い目が不ぞろいなだけでなく、まあちゃんは、黒いきれには白糸を、白いものには黒糸を使わないと、縫った気がしなかったからである。穴をふさぐときなどは、まわりを縫って、くっと糸をしぼるから、お尻の穴のようなかっこうになる。

幼い私たちは、それを見つけると、「また、まあちゃんがお裁縫した」と、母に言いつけた。そのたびに、まあちゃんは叱られた。「まあちゃん、言うことを聞かないと、針箱を燃しちゃうよ」というようなことを、母は言った。母の心配は、「近所の人にみっともない。家でまあちゃんをそまつにしていると思われるにちがいない」という、世俗的なものだったようだが、じっさいには、まあちゃんは、いつもさっぱりした服装をしていた。母が、まあちゃんにぼろをさげさせないように、よく針も通らないような厚地のきれで、シャツや股引を縫っていたのをおぼえている。

しかし、叱られても叱られても、まあちゃんの針仕事はやまなかった。こっそり縫うことが、どんなにたのしみだったのだろう。私たちも、少し大きくなると、「またやってる」と気づいても、ただおかしく思うだけで、母には言わないようになった。

もっこに揺られて

　祖父は、よく近所のひとの手紙の代筆をしてやったりしていたから、町内の世話焼き格でもあったのだろう。壮年のころには講中《こうちゅう》の先達《せんだつ》として、方々に出かけたにちがいない。富士山には何十回とか登ったということだし、しょっちゅう聞いた「大山《おおやま》」という山の名も、そういうことに関係していたのだろう。よくたくさんのお札《ふだ》が、私の家あてに送られてくることがあった。

　お札がくると、荷物をほどき、数をかぞえて、それぞれの区域に配るのであった。近くは、だれが配ったのだろうか。いまは浦和市にはいっているのかもしれないが、そのころは、私の家のわきの道をずっといって、林を通りぬけたところに、大戸《おおと》という村があった。幼い私に、その村が印象ぶかかったのは、その村のひとたちが、農業をしながら、お神楽を舞うことも職業としていたからであった。そして、お札は、その大戸へもとどけにいった。（一軒一軒へでなく、ある家へおいてくればよいのである。）これは、まあちゃんが、もっこで運んでいく。まっ白い、きれいなお札を祖父が何かにきちんと包んで、わらで編んだばかりの、よごれていないもっこに入れる。一つのもっこには、お札を収め、もう一つのもっこには、私が入れられた。そして、まあちゃんは、天秤《てんびん》（はかり）の二つのお皿のように、お札のはいったもっこと、私が座りこんでいるもっこを、天秤棒の両はしにさげてかつぎ、ゆっくり、隣村まで使いに出かける。

もっこに乗って、畑中の道や涼しい林のなかを、ゆっさゆっさ、揺られてゆくのは、気もちのいいものだった。先方につくと、そこの家のひとたちは、びっくりして出てきて、歓待してくれた。私は、もっこを出て、お菓子をもらったりするのである。

まあちゃんは大得意でお札を取りだし、しゃべりまくったにちがいない。もっこの荷物が、私一つになってしまったとき、まあちゃんはどうしたのだろう。おそらく、もっこを何とか仕末して、私を背負って帰ってきたのだろう。それなら、はじめから、ひとりでお札を行李《こうり》のようなものに入れて、しょっていけばよかったものを、私をつけて使いにだしたのは、まあちゃんに早く家へ帰らせるための、祖父の工夫だったのかもしれない。

雪の日

何歳ごろのことか、ある朝、雪景色にたいへん感動し、見とれたことがあった。かなりの大雪だった。そして、その雪の降った日のことは、一向おぼえていないのだが、はっきり思いだせるのは、縁側に腰かけ、足をぶらぶらさせながら、目の前の光り輝く世界に我を忘れて見いっていたということである。

私のななめ前、家の土間から庭に出る出口のひさしの下では、初姉が、たらいの前にしゃがみこんで洗たくをしていた。その日は寒くはなかった。むしろ、あたたかくて、私は、雪の上の日光の照り返しをうけて、日向《ひなた》ぼっこをしていたようである。そのとき、私の心に、前日の雪降りと、その日のまぶしい晴れとを比較する気もちがあったのだろうか、それとも、姉が、大雪が降ると、つぎの日はお天気なのだというようなことを話して聞かせたのだろうか、とにかく、私は、「雪の翌日は晴れ」――ふつうの晴れ以上の晴れ――ということを学んだ。だから、ねえさんは洗たくしているのであった。

庭をへだてた向こうの物置の屋根（家では、ここだけがなまこのトタン屋根だった）から、ぼってりとふくらんだ雪の層が、少しずつ、ずり落ちてきて、やがて、どさーん！とおっこちて、のき先に高くつもる。その美しさ、めずらしさ、快さ。私は、縁側に腰かけて、呆然とそれに見入った。

私はおとなになってから、「雪のあした、はだか虫の洗たく」という諺《ことわざ》にめぐりあったとき、はったと膝を打ちたい思いがした。いま、諺の事典を調べる余裕がないので、その諺が文字どおり、このままかどうか、たしかでない。しかし、あの日、あの忘我の瞬間を経験していなかったら、日本の風土から生まれたこの諺の意味を、それほど全身的にうけ入れることはできなかっただろう。

いまでも、私は、大雪のすぐつぎの日が、はっとするような晴れでないと、だまされたような気になるのである。

私の家の庭は広かったから、雪が降ると、おとなたちは動きまわるのに不自由したかもしれない。けれども、祐姉や私は、まあちゃんに手伝ってもらって雪だるまをつくったり、また、自分たちだけで「雪釣《ゆきつ》り」をしたりしてたのしんだ。雪釣りというのは、十センチちょっとの長さに切った木炭のまん中を細いひもでしばり、そのひもを振るって、雪のなかへ打ちこみ、ひもを引く。うまくゆくと、炭に雪がたくさんくっついて出てくる。すると、私たちは、「釣れた、釣れた！」といって、喜ぶのである。そんな、いまの子なら、一顧《いっこ》もあたえないだろうような、たあいない遊びが、どうしてあんなにおもしろかったのだろう。

それから、雪が降ると、かならず祐姉と私が、おとなに叱られながらやったいたずらがあった。

祖父はお風呂がすきだった。夕方早くからお風呂をわかし、自分もはいるが、ひとにもはいれ、はいれとせきたてる。私たちが着物をぬがせてもらうのは（もちろん、自分でぬげるようになるまでの話だが）、まあちゃんだった。いま、こう書いてきて、これは、私のおぼえちがいだったかもしれないと思う。母や姉にもぬがしてもらったにちがいない。ただ母や姉たちは、私たちの着物をぬがせながら、ふざけたことをしなかったから、記憶に残らなかったのだろう。まあちゃんは、「はんてんをぬいで」「おびをとって」と、うたうようにいいながら、私たちの身につけているものを、一枚一枚はいでゆく。そして、とうとうおへそまでとられる段になって、私たちはきゃあきゃあ叫びながら、はだかでカギの手の縁側を走りぬけ、便所のわきのぬれ縁を渡って、その先の湯殿《ゆどの》にとびこむのだった。

私たちが、雪の日、お風呂にはいりながらいたずらをはじめたのは、祐姉が小学校にはいって、私たちふたりでお湯を使うようになってからだったろう。私たちは、楕円形《だえんけい》のくりぬき盆に黒砂糖を入れた小丼《こどんぶり》と、お皿と、ときには、コップやおはしものせて、お風呂にはいった。そして、からだが温まってくると、勇気をふるって、雪の上にとびだしてゆき、きれいなところを山もりお皿にとって、もどってくる。そしてまた、温かいお湯に首までつかり、雪を小さくかためて、お砂糖をつけてたべる。または、手ににぎりしめて、お湯に入れ、手の中でぐじゅぐじゅとなくなってしまうのをたのしむ。または、コップに雪とお砂糖を入れ、おはしでかきまわして、夏たべる氷のようにして、飲む。まあちゃんは焚き口で薪《まき》をくべながら、私たちにわかろうが、わかるまいが、自分のおしゃべりをつづける。

しかし、何といっても、このたのしみの一ばん印象に残っているところは、雪の上では赤く見える、毛のないサルのようなはだかっ子の祐姉が、雪のふわふわなところをさがしてとんで歩くのを、お湯のなかで、きゃあきゃあ言いながら待っていたときの、大きなスリルである。

夏の遊び

夏の朝早く（六時まえ？）の空気ほど、子どもの肉体に爽快なものがあるだろうか。いつも私が、そんな時刻にちゃんと起きて、母のあとについて歩いていたとは思えないのだが、ある朝、私は、長屋門の外の茶の木のそばに立っていた。きっと母は、おみおつけの実にする野菜物をとりに、畑にはいっていたのだろう。

目のまえの茶の木の枝にクモの巣がかかり、それにこまかい露が一面におりていた。クモの巣はかすかに揺れ、露の珠《たま》は、そのたびに七色に色を変えて輝いた。

私のそのときの感じを、おとなのことばに翻訳すると、「この世のものとも思えない美しさ」ということになる。

私は、あれ以来、あのときのような、全身がきゅっとひきしまるような、すがすがしい空気のなかに身をおいたことがないようにさえ思える。

夏は自然の勢いが旺盛なせいか、祐姉と私は、近所の子どもたちとセミ取りや、畑の物を使ってのお店屋ごっこにいそしんだようである。

セミ取りのために、祖父は、何年も使えるような道具をちゃんとそろえておいてくれた。竿《さお》はきっちりした細い長い竹で、その先のところに、じょうぶな木綿の袋のついた針金の環《わ》がさしこんである。とったセミを入れる籠は、細い金網でできていて、ことによると、古い鳥籠だったかもしれない。私は、長い竿をふりまわせる年ではなかったから、たいてい籠をもたされた。

しかし、竿は使えなくとも、どの木にセミが多くとまるかということは、かなり早くからおぼえたようである。黒い肌の木には多く黒いセミがとまり、白っぽい肌の木には、「ミンミン」や「オシイツクツク」のような、透きとおった羽根のセミがとまった。「裏の家」の前の庭を出たところにある畑の一角に、父の植木だめのようなものがあり、それにつづいて、ツバキなどの小さい木のほかに、ビワの大木、またビワほどは大きくないが、かなりの高さの朴《ほお》の木があった。その朴の木が、私には上等な種類に思えた、透きとおった羽根のセミの宝庫だった。私などは、自分でつかまえることができるわけでもないのに、その木の下に立ち、幹に沿ってまるでたかるという感じに、そのセミたちがへばりついているさまを、お尻の方から見あげると、からだじゅうがふるえるような気がした。ビワの木は、枝が細かすぎ、またその根本《ねもと》が堆肥《たいひ》のためのようになっていたから、ここへセミ取りのために近づくことはなかった。

籠のなかが、セミでまっ黒になると、私たちは物置の端にあった鳥小屋にいって、鳥の餌にした。


アサガオその他の色のついた花は、小さな丼のなかでしぼって、いろいろ色のついた水をつくり、ガラス瓶に入れて、おちょこで計って売りっこをした。

また、私たちは、家のまわりで遊んでいるとき、セミのぬけがらを見つけると、取っておいた。売り屋ごっこがはじまると、ぬけがらの足の煙管《きせる》のがん首のようなかっこうをしているところだけを切りとり、それに麦わらの管をはめて、煙管だといってきれいに箱にならべ、これも商品にしたのである。

そしてまた、トウモロコシの毛ばは、私たちにとっては、貴重な目玉商品なのだった。これは、トウモロコシをもいで、むいたあと、何時間もその美しさを保たせることができない。だから、ことによると、たまたま、まあちゃんが、たべごろのトウモロコシをもいできたときにだけ、手に入れることができたのかもしれない。とにかく、私たちは、きれいに光るトウモロコシの毛を色分けして、小さな束にし、新聞紙にくるくると巻きこんだ。そして、買い手がくると、家の前の荒物屋のおばさんが、糸を買いにきたひとにいうように、「どんな色の糸でしょうか?」とやったのである。

ソロバンの上に白い紙をのせ、その上を縦横《じゆうおう》にナスの実を転がすと青い格子ができる。それはかすりの反物《たんもの》であった。

売り屋ごっこは、いつも長屋門の大戸をあけた内がわ、風通しのいい土間のところへむしろを敷いて、はじまった。

そして、どのくらいかのあいだは、夢中で遊びほうけるのだが、それでも、いつかはあきてしまって、商品も何もほったらかして、「どこかへいこう」ということになる。いつだったか、まあちゃんの怒声でふりかえったら、まあちゃんは、顔を真っ赤にして、「また、ひっちらかしたまま、いってしまう。遊んだあとは、片づけるもんだ」とどなっていた。

指

竜のひげの実も、私たちの遊び道具の一つだった。私の家には、あちこちに竜のひげがかたまって生えていたが、長屋門の外がわ、だらだらと畑までさがっている傾斜のところは、土《ど》どめのためだろう、一メートル幅くらいの場所が、一面に竜のひげでおおわれていた。

夏か、秋のはじめか、そこにルリ色の宝石のような実がなる。私たちはこれも摘《つ》みとっては、たいせつに箱のようなものにためた。珠はすぐしぼんでしまって、がっかりしたが。

竜のひげが、ことにこんもり茂るのは、「裏の家」のうしろである。そこが、便所の汲《くみ》取口《とりぐち》のそばだということなど夢にも考えず、私は細い葉をかきわけて青い実を摘んだ。

あるお天気のいい日だった、私は、私とおなじ年ごろの女の子——前の家のSちゃんだったかもしれない——といっしょに、「裏の家」の裏で竜のひげを見おろして立っていた。そのとき、私は、まったく思いがけないものを見た。一本の指——人さし指か、中指らしいもの——が、一本、にょっきり、ほそい葉っぱのあいだから、空を指さして突ったっていた。

私は、ぎょっとしたように思う。恐怖というよりも、あるものがあってはいけないところに、あったという、異常な、いやな感じであった。

私は、母のところへとんでいった。きっとSちゃんには、声もかけずに、ほっぽりだしていったのだろう。母は、すぐ見にきた。けれども、もうそのときには、指はなくなっていた。あんなに血色よく、指紋《しもん》さえも見えそうに、空に突きたっていたものが、影も形もなくなっていたのである。

指の事件の記憶は、そこで、ぷっつり切れ、私は、おとなになるまで、そのことを思いだしたことがなかった。もし、私の一生で、妖怪変化《ようかいへんげ》のようなものを見た例をさがすとなれば、おそらく、このときに見た指が、ただ一度の経験になるだろう。

その後、私は、あいかわらず、その竜のひげのところで、それまでどおりに遊び、べつにそこを歩くのを恐ろしいと思うようなことはなかった。

Kちゃん

　Sちゃんの家の向かって左どなりが、Kちゃんの家であった。Kちゃんは、祐姉とおない年で、一ばんひんぱんに家の庭にきて、ままごとをした子どもだったろう。Kちゃんの家は、私の家の入口からは、まん前だった。その家は、敷居《しきい》をまたいではいると、ふつう、土間であるところが板敷《いたじ》きであった。そして、上がり口に板の間が一つ、そのおくに畳の部屋が一つ。そこに、Kちゃんたちは、親子五、六人で住んでいた。

　おじさんは飴屋さんで、裏のひさしの下を仕事場にして、麦芽《ばくが》の白飴をつくっては、売りにゆくのだった。おじさんが、まだ飴色の飴を、そこの太い柱に打ちつけた鉤《かぎ》に、ひっかけては、のばし、ひっかけては、のばししていると、まっ白いきれいな飴になる。それを粉を敷いた板の上で細くのして、綱のように細い飴にする。そして、とんとん、とんとんといい音をたてて大きな庖丁で切る。祐姉と私は、この一画を巡回しながら、この工程をあきずに見物した。私たちには、父親が飴屋であることは、すばらしいことに思えた。

あるとき、私は、やっと母から銅貨をもらって、Kちゃんの家にいった。そして、おばさんに飴を買いにきたことをいい、銅貨を手わたそうとしたとたん、銅貨は、板の間におち、じつに上手にたてに立って、ころがりだした。そして、半円形を描いて走ってから、吸いこまれるように節穴《ふしあな》にすべりこんだ。おばさんは、気のどくそうにしたけれど、床下にある銅貨にたいして、飴をだしてくれることはしなかった。

私は、自分の目にも、あまりにもなさけない、間のぬけた人間であった。私は銅貨を節穴におとしたことを、どうしても母にいえないで、Kちゃんの家までゆく途中でおとしてしまったといった。母は、しばらく、往来をあちこち歩いて、さがしていたが、やがて、あきらめて帰ってきた。私は、それきり、その日は、飴を買うことができなかった。

Kちゃんの家は、こうして飴を製造しているということだけでも、十分興味があったのに、Kちゃん自身もまた、たいへんおもしろい子であった。おそらく、弁舌《べんぜつ》のたつ、空想力のたくましい子だったのだろう。姉と私は、Kちゃんの話に心をあおられた。Kちゃんは、よく私たちに、「ろっぽう」というところにある、おかあさんの実家の話をしてくれた。「ろっぽう」はお金持ちで、倉があり、無いものは無いような家であった。じっさい、「ろっぽうへゆけば」というのは、Kちゃんの口ぐせだった。私は、Kちゃんのこまかいところまでくわしい話を聞きながら、木々に囲まれた、おくふかい、ふしぎな家を想像した。

Kちゃんのそのような話が、けっきょくは、彼女の願望のはけ口だったのではなかったかと、私が考えるようになったのは、ずっとのちのことである。Kちゃんたちが、いつ、家の前から引っこしてしまったのかはおぼえていない。Kちゃんたちがそこに住んでいたのは、案外、短い期間だったのかもしれない。私には、Kちゃんたちの住んでいたところが、物置になっていて、俵にはいった魚肥《ぎょひ》や、アンペラに包まれた黒砂糖が積んであるあいだで、Sちゃんと遊んだおぼえもあるのだから。そこで遊ぶと、俵やアンペラに指をつっこんで、出てくる煮干《にぼ》しや干しかずの子のかけら、まっ黒い砂糖のかたまりをたべるたのしみがあった。きっと、Kちゃんたちは、Sちゃんの家で、この物置を片づけ、貸家にすることになってから引っこしてきたのだろう。けれども、Kちゃんといっしょに学校にいったという記憶は少しもない。

それはともかく、Kちゃんは、私たちにとっては、あとあとまでも記憶に残るロマンチックな存在で、祐姉などは、私とふたりだけでままごとをするとき、「Kちゃんちくらいな家ね」といって、暮しの状況を設定するのだった。そして、大きくなってからも、私たちは時どき、「Kちゃん、いま、どうしているだろう」と、どこかにいるはずのKちゃんのことを考えた。

岩波書店で「子どもの本」を編集し、『百まいのきもの』を訳したとき、私は、すぐKちゃんを思いだした。『百まいのきもの』のなかで、自分の心に描く百まいのきものを絵にしたワンダ・ペトロンスキーとKちゃんとは、性格的には正反対で、ワンダは静かで、Kちゃんは、どちらかといえば、陽気で、でたらめのほら吹きの傾向があったようである。しかし、自分のもっていないものについて夢を描くという点で、ふたりは似ている。

伊勢屋

Kちゃんの家の向かって左どなりは、細い道（この道が、いまなくなっているところをみると、私道だったのか）をへだてて、伊勢屋という酒屋兼飲屋兼駄菓子屋であった。あとから知ったところでは、そこの主人夫婦は、越後から出てきて、そこで新世帯《しんじょたい》をもち、酒屋をはじめたのだった。その家のはじめから知っていたせいか、私の家とこの家とはかなり親しかった。

そのころの荷物の運搬は荷馬車が多かったから、そのお店は、荷馬車ひきがごはんをたべたり、いっぱいやったりに寄るので、たいへん繁盛した。駄菓子の箱がならんでいるのは軒下《のきした》の一部で、そのうしろに障子があり、そこは冬以外はあけ放しになっていた。だから、なかのようすはよく見えた。家にはいったすぐの土間の左がわには大きな土のかまどがあり、そこで、うどんをゆでたり、煮炊きしたりする。土間の右がわには、縁台様《えんだいよう》の腰かけがいくつかならんでいた。そこへお客が座る。うどんをたべるもの。いっぱいひっかけるもの。お弁当箱をだして、おかずだけとるもの。いつもにぎやかな声があがっていた。

私の家にいてさえ、その日のおかずの品数を唱えあげる伊勢屋のおばさんの声が聞こえた。そのころは、私もすっかりそのことばを暗唱できたが、いまは最後のところが出てくるだけである。

「きょうのおかずは、……に……に豆腐のかけじょうよう！」

おばさんは、越後のひとのせいか、ゆをよと言った。だから、右のことばは、「豆腐のかけ醤油《じょうゆ》」になる。おばさんは、私の姉のことも、「おようちゃん」と言った。色の白い丸顔のおばさん、やせているおじさん、ともにたいへんな働き者だった。このひとたちには子どもがなく、のちに養子の娘さんが来、おむこさんが来、そのひとたちの子どもができるころには、荷馬車がなくなったせいだろうか、伊勢屋はりっぱな酒屋さんになっていた。

しかし、幼い私がおぼえているのは、しるし袢纏などを着た威勢のいい男たちが、声高に話していた伊勢屋である。私は、時どき、かなりの時間、わきの細道に立って、このひとたちのたべるさま、飲むさまを、じっと見ていたことがあるのではないかと思う。

ある日、やはり私がそうして立っていると、馬方衆《うまかたしゅう》のひとりが、ひょいと私を見て言った。

「この子は、大きくなると、べっぴんになるぜ」

すると、もうひとりが言った。

「だが、おしいことに鼻がひくい」

「大きくなると、高くなってくるもんだよ」と、おばさんが言った。

思いもかけず、ぱんぱんと打ちだされた他人からの厳正批評は、幼い私の胸にまっすぐささった。私を美人とひとりが言ったのは、そのころは、「色の白いは七難《しちなん》かくす」時代だったからである。私は色が白くて、小学校にはいってからも、おしろいをつけてくる、と男の子からいじめられたくらいであった。ぴしっときたのは、二ばんめの評者《ひょうじゃ》のことばだった。そのことばに少しの毒気《どっけ》もなかっただけに、私は、たいへん困った気もちになった。


このとき、おばさんの言ったことばで、どんなに私の心がなごんだかわからない。私が、このおばさんをまえからすきだったのは、こういう気性のひとだったからだろう。

伊勢屋と私の家は親しくしていたけれど、家のおとなたちが、いつも文句をいうのは、ここにくる客が、私の家の前の電信柱に馬をつなぐので、家のなかまで馬の小便くさくなるということだった。たしか、このことは、いつか、家のだれかが正式に話しにいった。

田中さん

伊勢屋のとなりに静かな家があった。ここには子どもはいないし、店屋でもないから、私は最初、ここの家のひととは話もしなかった。こぢんまりした庭を板塀《いたべい》で囲った、つつましい勤め人の家という構えであった。

鉄道かどこかに勤めているらしい若いひとが、制服制帽にきりっと身をかためて、毎朝玄関から出ていった。家には、そのひとの母親とねえさんらしいひとがいて、いつも裁縫をしていた。私の家の者は、この家を田中さんとよんでいた。

私は、田中さんより一軒先の、門構えの、大きな二階屋を、時どき、のぞきにゆくことがあった。しかし、そうちょいちょいではなかった。というのは、その家には子どもがいたけれども、どこからか引っこしてきたひとたちで、上のほうの子どもたちも、姉たちのゆく女子師範の附属ではなく、官吏《かんり》の子どもたちなどがゆく男子師範の附属にゆくというように、家の気風がちがっていたからである。けれども、私は、たまに、そこの家へゆくときは、必ずいきかえりに腰から上だけ板のはってある塀の下から田中さんの家をのぞいた。すると、裁ち板に向かっているおばさんと若いねえさんが、必ず私を見て笑う。これが何度かくり返されるうちに、私たちは口をきくようになり、やがて、私はその家にあがりこむようになった。

その家のひと、みんなが、私をかわいがってくれた。私は、自分の家では、されたことがないほど、ちやほやされ、ごはんをたべさせられることもあるようになった。「あーんとしなさい」といわれると、口をあけ、その口へ「おとと」を入れてもらったりした。おとなばかり三人の田中さんの家族にとって、私は、いいなぐさみだったのだろうし、私も家ではできないことを、はずかしげもなくやってのけたのだろう。とにかく、私にとって、一時、田中さんのおばさん、ねえさんはだいすきなひとであった。

ある年のお盆に、私は、上の姉たちからだんだんさがってくるのを待ちに待った、スキヤの、長いたもとの着物を着せてもらうことになった。

いよいよ、そのスキヤの着物に着かえたとき、まず私が考えたのは、私の晴れ姿を田中さんのふたりに見せたいということだった。私は、田中さんの縁側に立って、奴《やっこ》だこのように両腕をのばしてつったった自分の姿をよくおぼえている。そして、ふたりのおとなの、ほんとうにうれしそうな歓声も。あのとき、三人は、私の家族もはいるすきのないほど、おなじ喜びを分かちあったような気がする。

田中さんたちは、いつ、どこへ引っこしていってしまったのだろう。私には、このひとたちと別れを惜しんだ記憶はなく、私が小学二、三年のときには、べつの、みょうに粋《いき》な感じのおくさんのいる家族がここにいて、そのひとたちは、ある晩、「夜逃げ」をしていなくなった。

遠い隣

私の家は、敷地の北がわにくっついてたっていたから、南がわの隣まではかなり遠く、あいだに三峰《みつみね》さんのお社《やしろ》やら畑やらがあった。そして、その畑のすみ、往来に面して、貸家が二軒あった。手前のほうの、少し大きい家は、絶えず住むひとが変わったようで、そこにいたひとをおぼえていない。空き家になっているときは、私たちがなかにはいって遊んだ。

そのすぐ隣が左官屋で、その家には私がおぼえているかぎり、ほかの家族が住んでいたことがなかった。その家は、表の敷居をまたぐと、細い土間があり、そのすぐ奥のところが座敷で、土間はカギなりに座敷を左に曲がって台所の方へいっていた。往来から土間に入る境の敷居の内がわには、たくさんの草履や下駄がぬいであった。

私の家は大世帯《おおじょたい》だったから、何かたべ物をたくさんつくったときなど、近所に分けることがあった。そのようなとき、私たち小さい子どもが使いにだされる。母は、お皿の上にふきんをかけ、「よく気をつけていくんだよ」というようなことをいい、先の家へいったときのあいさつなどを教えてくれる。

　ある日、私は、平たい菱形《ひしがた》のお皿——昔、よくお魚をつけたあれ——にもったぬたを左官屋さんへもってゆくようにいいつけられた。そのような形のお皿の上のぬたというものが、どのくらい不安定かということは、おとなよりも、子どものほうがずっと敏感にさとるもののようである。私は、ひと目見てあぶない気がした。けれども、それを母にいう気もなかったし、わけのわかるようにいうこともできなかったろう。私はそろそろと歩いて、三峰さまの前をすぎ、畑をすぎ、ぶじ、左官屋さんまでたどりついた。そして、声をかけ、敷居をまたいだとたん、お皿は私の手からはねとび、ぬたはそこにぬぎすててあった一つの下駄の上へ、まるでお皿の上にのるようにぺたんとのっかった。そのくにゃくにゃした、うす緑のねぎにうす黄色のお味噌《みそ》のからんだひとかたまりを、私はいまもはっきり目の前に見ることができる。

　私は、どんな顔をしたろう。いそいで出てきたおばさんに、私は心からすまないと思った。まっ黒く日に焼けて、ひっつめ髪のおばさんは、「ああ、だいじょぶ、だいじょぶ」といって、下駄をひっくり返して、ぬたをお皿にのせ、土間のおくへひっこんだ。

　この事件の印象があまり強いためか、私はこの家にいたはずの子どものことなど思いだせないのである。

ちょんまげと自動車

私は、ちょんまげを結ったひとが、芝居のなかでなく、現実に生きて歩くのを見て育った。それはたった一人のひとではあったけれども。そのひとはおじいさんで、杖《つえ》をつき、ちょっと曲げた腰のうしろに片手をあてて、時どき、家の前を通りすぎる。私の家に寄って話しこむほどの間柄ではなかったが、家の者たちは、どこそこのおじいさんだと知っていた。たいてい、よれよれの着物の前をひきずるようにして歩いていた。町のひとではなく、近くの村から出てくるようであった。

そのひとが通りかかると、「ああ、あのおじいさん！」といって、祐姉と私は表に出てみた。それくらいのめずらしさはあったが、私はそのひとが、日本のほかの男たちが断髪《だんぱつ》したあと、四十年間もそのちょんまげを守りつづけてきたのだとは、つゆ思ったことがなかった。だから、成長してから、断髪令が出たのが明治四年と知ったときはおどろいた。明治四年には、あのおじいさんは、二十代ほどの若さであったはずである。いったい、どんな信念をもってちょんまげを結いつづけたのか、聞けたら、聞きたいものだと思った。

家の前の街道を、あのひとが、時たま、いったり来たりしたばかりに、私は、日本の男たちは、ほんの少しまえまでちょんまげを結っていたのだと思いこんで育った。

しかし、この街道――私たちに世の中をかいま見せてくれた中仙道――には、私たちはそうとは気づかなかったけれども、そのころ、新旧さまざまなものが、入り乱れてはいりこんでいたのである。そこには、ちょんまげのひとや、荷車や荷馬車や人力車が通ると同時に、自転車や、そして、じつに自動車までも走りだしていた。

もっとも、自動車の通るのは、ごくまれで、一年に何回ということだったろう。その自動車という、ものすごい音をたて、ものすごく埃《ほこり》をまきあげる乗物は日光へゆくのだと、家の者たちはいっていた。それに乗っているのは、全部が西洋人だった。

けれども、車のなかの西洋人の女のひと――もちろん、男も乗っていたけれども――は、アプタン、マータンさんたちとは、まるでちがう人間のようにきれいに見えた。服も美しく、つばの広い帽子をかぶり、それをおさえている、うすい色のヴェールは、天女の雲のようにうしろに棚《たな》びいた。祐姉と私は、この世のものとも思えないその光景に見とれた。そして、往来にとびだしてゆき、自動車の残していった紫色の煙のにおいを、地面に鼻をつけるようにして嗅いだ。とてもいいにおいだったような気がする。しかし、これは記憶のまちがいだろうか。それとも、そのころの自動車の燃料は、今日のとはちがったのだろうか。

＊『幼ものがたり』の一篇「ウィルソンさん」に出てくる、教会の女性宣教師二人の名前。（編集部注）

往来を往き来する人たち

このように、かなりさまざまな交通機関が家の前を往き来《ゆき》して、私たちは、そのあいだをくぐって向こうがわへわたったり、家へもどったりしたのだけれども、道路はまだまだ子どもが遊び歩くのに危険なところにはなっていなかった。何も通っていない、明るい場所であるときのほうが多かった。そして、その場所をいっそう明るく、にぎやかにしてくれたのが、よかよか飴屋《あめや》、らお屋、新粉細工屋《しんこざいくや》、定斎屋《じょうさいや》などであった。

また「いわしこぅい、いわしこい！」という声をあげて、下《しも》から上《かみ》へ小走りに売っていく魚屋もあったが、こういう声をあげるのは、遠くからくる魚屋で、町の魚屋は、天秤棒に盤台《ばんだい》をさげてやってきて、「こんちゃ！」と表から声をかける。私の家は町はずれで、近くに生魚を売る店がなかったから、干物《ひもの》でないものは、このような魚屋さんから買うのであった。魚屋さんは、こちらがほしいといえば、店のわきの木戸をあけて、庭へはいってくる。そして、天秤棒の前後に二段に重ねてきた盤台を、一段ずつにして中身を全部披《ひ》露《ろう》する。上等なもの――たとえば、おさしみの材料など――は下の段にはいっていた。上にのっていた盤台の一つには、庖丁、まな板、水を入れる桶、そして、たぶん、砥石などという道具いっさいがそろっていたようである。

私の家では、おさしみなどめったに買わなかった。しかし、買うときには、私は、それをつくってもらうあいだ、ずっとそこにつききりで、魚屋さんが、まな板や、庖丁を、井戸で洗い清めてから、また盤台のところにもどり、大皿にいっぱいおさしみをきれいにならべおえるまで見物した。それは、魚屋さんの手ぎわが見事だったためもあるが、もう一つの理由は、魚屋さんが、最後に、つまにつけてくれる、あの細い海草、うごを私がだいすきなためでもあった。だから、何かほかのものを買う場合には、けっしてそんなことは言わなかったのに、おさしみのときは、「それ、たくさんつけてね」と、最後まで見はっていて頼まなければならなかった。顔なじみの魚屋さんは、「ああ、いいよ、いいよ」と、うごをたっぷりお皿のすみに盛ってくれた。

よかよか飴屋は、うすいたらいのようなものを頭の上にのせてやってくる。たらいのまわりには、小さい日の丸がぐるっと立ててあった。この飴屋のたたいた太鼓は、うちわ太鼓のようなものであった。歌をうたいながら、おどるように体を動かしてやってくる。そして、人の集まりそうなところに立ち止まって飴を売る。頭からおろすたらいのなかには、きれいな飴がならんでいたようだったが、私は買ったことがなかったせいか、よくおぼえていない。

たしか、よかよか飴屋は、よく隣の宿屋に泊まった。昼間は、つくり声をして一種、芝居のなかのひとのように見える飴屋が、宿でくつろぐと、ふつうのひとになって相客と話したり、たべたりしているのが、私にはおもしろかった。


らお屋は、蒸気で笛を鳴らして、にぎやかにやってくる。その汽笛の音が聞こえると、私は、よく祖父に言いつけられて、らお屋の車をよびとめにいった。その車（屋台）の中には、銀色にピカピカ光った筒型の、蒸気をたてる器械があって、それがぴいぴい笛を鳴らすのであった。車が止まると、祖父はおもむろに出てきて、車のなかにたくさんならべてあるらおのなかから、自分の気にいったものを選ぶ。古い煙管は、やはり車についているやっとこみたいな小さい器械でぎゅっとはさんで、がん首や吸い口を、使い古したやにだらけのらおから小きみよく引きぬく。そのがん首や吸い口は、蒸気を通され、磨《みが》かれて、新品みたいにぴかぴかになる。そして、新しいらおにさしこまれると、それこそ煙管自体が新品のようになってしまう。見ていて気もちのよい光景だった。

新粉細工、これこそ私をたまらなく魅惑《みわく》したお店だった。あれは車の屋台でなく、天秤棒で、引出しのついた箱のようなものを二つかついできて、それをならべて、新粉細工の作品をとまらせる止り木のようなものを立てたような気がするが、よくおぼえていない。

いつも伊勢屋の横の田中さんの前で店を開く新粉細工屋は、おじいさんだった。そのおじいさんが、ちょいと新粉のかたまりを手の中でまるめ、ひねり、ちょちょっと鋏《はさみ》を入れて、色を塗ると見ているまに、鳥や人形ができあがる。多くは鳥だったが、それが大きいのや、小さいのや、形のめずらしいのや、さまざまだった。私は、新粉細工は買わせてもらえたが、お金を少しきりもらえなかったから、私の買えるのは、いつも小さい、けちなもので、つまらなかった。

私の家で、私たち幼い子どもが、わりあい自由に買わせてもらえるのは、炒りたてのえんどう豆だった。炒り豆屋さんは、「炒ぃりたぁてマメ、マメ、マメ！」というような声をあげてやってくる。引いてくる屋台の車には、小さい火床《ひどこ》がのっていて、炭火がおきている。私たちが買いにゆくと、豆屋さんは、四角いふるいに柄《え》のついている道具——これは、使わないときは、車の天井につりあげておいたものか——に、あらかじめ塩水につけてふやかしておいた大粒の赤えんどうを入れて、勢いよく前後にゆする。するとやがて、ぷうんといいにおいがしてきて、いく粒かの豆がぷちっぷちっとはじける。炒り豆屋さんは、こちらのだしたお金の高に応じて、新聞紙をはった三角の袋に豆を入れてくれる。熱い、ちょうどいい塩かげんの豆は、口のなかでぷちっとつぶれ、中身はほろほろとくずれて、そのおいしいことといったらなかった。

私が、いまだに赤えんどうがすきなのは、この炒り豆のせいだろうと思う。私の家の者は、あまり神経質でもなかったのに、そのころは、子どもが疫痢《えきり》で、一日のうちにころりと死んでしまうようなことがあったためか、豆類、ことに小豆《あずき》の煮たの、それに蜜豆《みつまめ》のようなものは、外でたべてはいけないということになっていた。（そのせいで、私は、おとなになり、自分でお金をとるようになってから、外出中、疲れると、意趣返《いしゅがえ》しのように蜜豆をたべて、いく粒もはいっていない赤えんどうをなつかしんだ。しかし、赤えんどうさえも、もう昔の味はなくなった。）炒り豆が、わりあい自由に買えたのは、炒りたてで、消毒ずみだということだったかもしれない。

定斎屋も、おもしろく見た物売りの一つだった。たくさん引出しのついた小さい簞笥《たんす》のようなものを、天秤棒の両はしにさげ、引出しの環《かん》をカチャカチャ鳴らしながらやってくる。薬屋だというのだが、家では定斎屋から何も買ったことはなかった。ただ私には、天秤棒がしなうにつれて、箱がゆれ、環が規則正しくカチャカチャ鳴るのがおもしろかった。また、どうしてあのひとは、あんなにゆれる簞笥を一日かついで歩いて、くたびれないのだろうと、それがふしぎだった。私は、ずいぶん大きくなるまで、定斎屋が自分で箱をゆすって、環を鳴らすのだということを知らなかった。何かのしかけ——たとえば、ばねじかけのような——があって、天秤棒と箱があのように踊っているのだとばかり思っていた。

薬を売るといっても、定斎屋のようにカチャカチャ、カチャカチャ、音をたててくるのでなく、大空までひびくような声で、口上《こうじょう》を唱えながら町にはいってくるのは、「孫太郎虫」屋であった。小さい荷物を肩にかけていたように思うが、天秤棒などはかつがず、片方の手に黒光りする、ネズミを黒焼きにしたくらいのものを二、三びきぶらさげていた。「まごたろうむぅし！」と叫ぶ声の前に、長い、節《ふし》のついた文句がつくのだが、私には何のことかわからなかった。子どもの疳《かん》の虫の薬だったということであったが、家では買ったことがなかった。

それから、おもしろいのは、「セーセヤッカ（生盛薬館《せいせいやっかん》）」の薬屋で、このひとは洋服を着ていて、手風琴《てふうきん》を鳴らして歌をうたったり、おどったり、たいへんにぎやかだった。これも、私の家では買わなかった。家で買うのは、富山から行商にくる薬屋さんのだけで、このひとのおいてゆく薬のはいった、大きな紙袋は、表の部屋の戸棚のなかの釘にかけてあった。

私の家では、父の幼友だちのお医者さんと親しかったから、あまり富山の薬屋さんのごやっかいにならなかったが、それでも、私が夜中に不意に熱をだすとか、腹痛をおこすとかするとき、母が明りをつけ、戸棚から大きな薬の袋をだしてきて、かさこそと薬をさがし、飲ませてくれたのをおぼえている。そういう薬がとてもにがいと、母は、小さいお砂糖のかたまりをあとから口に入れてくれた。

富山の薬屋さんは、一年に何度くらいまわってきたのだろう。いつもおなじみのひとが、大きな行李を大きな紺《こん》の風呂敷でしっかり包み、それを背負ってくる。その行李は、下から順に大きさがちがって、入れ子のようになっている。そこからそれぞれちがった種類の薬を取りだして、まえに家で預かっておいた袋のなかの薬と交換してくれる。そのとき、家で使った分のお金は、計算して払うのである。薬屋さんは、計算のとき使うそろばんや勘定を書きつける帳面などを、きちんと小さい行李のなかに用意してもっている。私たち小さい子どもには、いきを吹きこむと四角くふくらむ、色つきの紙風船をくれた。富山の薬屋さんは、お茶をのみ、世間話をして帰った。

明治の終り

このことは、あとで考えれば、初姉の嫁入り後、いくらもたたないころ起こったことだったのだ。

その日、私は単物《ひとえもの》を着ていた。母も立ち働いたあとのような、汗くさい単だった。私は、母と手をつないで、隣のお米を搗《つ》く家と薪屋《まきや》のTさんの家へ「ふれ」にいった。

そのころは、役場で町じゅうに知らせたいことがあると、町内のある場所にその達しがいって、あとは、順々に口づたえに隣家へその知らせを運んだのであった。たしかこのことを、私たちは「ふれ」といっていたように思う。

そのときの「ふれ」は、「天皇陛下がおかくれになったから、旗をだすように。旗のだし方は、かくかくである」ということだった。私がこのことをよくおぼえているのは、「おかくれになった」ということばがめずらしかったためと、そのあと、家々にだされた旗の金色の玉が、黒いきれで包まれていたからである。

そのことが、日本にとって、どんなことであったのか、幼い私には、わかるはずもなかった。しかし、兄や姉たちが、みんな喪章《もしょう》をつけて学校にいったことは印象に残り、また、家のおとなたちが、いつもとちがう調子で、乃木大将《のぎたいしょう》という名を口にしていたのをおぼえている。

明治天皇の死は、祖父の死と祖母の死の中間に来て、そのあいだに祐姉は学校に上がり、初姉は嫁いだ。昼間、家のなかでぶらぶらしているのは、私ひとりになった。おとなは、みな忙しい。これは、私が祐姉の腰巾着《こしぎんちゃく》であった身分を卒業し、まがりなりにも自分ひとりで何かをしはじめた時期でもあった。しかし、私は、まだ自分では、世の中へ出ていかなかった。世の中が私の前を通ったり、私の中へはいってきたりしていただけである。ちょうどそのときが、明治の終りであった。

石井桃子　第二章　戦争ちゅうと戦後

生きているということ

最近、私は、ちょっと目のさめるような経験をした。

家を改築して引越しをしたのだが、荷物をあげおろしするのに、運送屋さんは決して物をあたりにぶっつけない。それが素人となると、小さな椅子一つでも、ガタン、ピシャンと周囲の物と衝突させ、たちまち、新しい柱の角に鋭いへこみをつけた。

現場をまわっていた大工さんが、いち早くそれを見つけて、自分のタオルを裂こうとしているのに、私は気づいた。どうするのかと聞くと、傷の手当てをするのだという。私が、代りに家のタオルを切って渡すと、大工さんはそれに水をふくませ、へこみに当てがい、その上を何重ものセロテープでとめた。

それから毎日、私はその傷口をのぞいては、少しずつ水を注ぎ、またふさいでおいた。傷口はもりあがり、一週間後には、角のへこみの鋭い線は、ほとんど消えるまでになった。

ところが、まもなく、私がおなじ失敗をやってのけた。「東京子ども図書館」のバザーで求めた山脇百合子さんの絵を入れた額を、位置をきめるため、ひももつけずに板壁の釘にぶらさげておいたのである。隣りの部屋で仕事をしていた建具屋さんが壁をたたいた拍子に、額はおっこちて椅子にぶつかり、額のふちが、大きくぽこんとへこんだ。

私がすぐに、そこへぬれた布をあてるのを見ていた友人が、何をするのだと聞いた。私は柱の傷の事件を話した。すると、彼女は「木って、生きてるんですね！」と、感動した面《おも》もちでいった。私の感じていたのも、まったくおなじことだった。額は二日でもとどおりになった。

生きているものは反応する。生きているものは再び動きだす。これがプラスチックや新建材だったら、どうだろう。この頃、とても子どもが無感動になったようで不安だった私は、この木の柱の教訓からふしぎなくらい大きな慰めを得た。子どもをプラスチックにしてはならない、と、私は日に何度も心にくり返す。

自作再見「ノンちゃん雲に乗る」

久しぶりで「ノンちゃん雲に乗る」を、初めから終わりまでつづけて読んだ。十五、六年ぶりのことであろうか。

私には、ほとんど無意識のうちに——というのは、これが本になるだろうかとか、大勢のひとに読んでもらいたいとかいう気持なしに——書きつづけ、訳しつづけた本が二つある。一つは「ノンちゃん」であり、もう一つは「クマのプーさん」である。これらの本を書き、訳していたときの心境は、純粋に自分と数人の友人のためにというのであった。その一途な意図は、いま思いだしてもなまなましいほど鮮かによみがえってくる。

何しろ、戦争ちゅうのことなのであった。忠君愛国以外のことしか書いてない本に、紙の割りあてのあろう希望は少なく、また、そんな計算ずくの考えよりも、まず、自分の心をなごませ、友人を喜ばせることのほうが急務であった。

「ノンちゃん」を書いているころ、私の心は倦《う》んでいた。後年、そのころの私自身の状態を説明するのに、私はよく酸欠の金魚が水面であっぷあっぷしていたようなという、まことに即物的な形容を使った。自分自身に世界情勢を見ぬく力もなく、自分の国のゆく先の見えない思いは、まったく窒息寸前に似ていた。

そのころおこったことで、いまだに忘れずにいる、逸話《いつわ》ともいえない小さな出来事が二つある。一つは、ある高台の駅のホームから、青空に浮かぶ雲に日が射して、ぱっと輝くのを見た思い出である。ああ、まだ、雲の上には光り輝く世界があると思った。また別の日、あるつつましい社宅の中の路地を通りかかると、四、五人の女の子が、一人は小さい台の上に立ち、あとは手をつないでその台をめぐり、忘我の状態でおどっていた。食料も配給で、その子たちも学校へゆけば、神社清掃にかりだされる時代であった。私も、うっとりとして、そのおどる少女たちを眺めて、しばらく立っていた。

光り輝く雲とおどる子どもたちが結びついて、すぐお話ができたわけではない。しかし、二つの出来事は別々に心にしまわれているうちに、いつの間にか、私は、やはり私同様に心屈していた友だちに向かって、「私、お話書いてあげるわ。」と口走るようになり、あと先の見通しもなく、「ノンちゃん」を書きはじめていたのである。

ある日、ひとり、山小屋のような小さな家で書きつづけていたとき、隣家のラジオから、山本五十六《いそろく》大将の戦死のニュースがもれて来て、呆然としたのは、そのころのことではなかったろうか。

今度、十五、六年ぶりで「ノンちゃん」を読み返し、あまりしばらくぶりだったので、へえ、これ、私が書いたの？　というびっくりさがないでもなかった。書いていた時代のあの暗い鬱々《うつうつ》たる気分に比して、何と明るくておもしろい本ではないか……などと、自分ながら考えてしまったのだが、いやいや、それは、やはり、私なりにそのころの重さをはねのけようとして、精いっぱい、「無意識的」な努力をした結果なのだと思い直した。

「ノンちゃん」が書かれてから、半世紀がたとうとしている。書かれたことの細部は古くなった。例えば、もう普通の犬は放し飼いされていないし、畳敷きの家も少なくなった。にもかかわらず、いま尚《なお》、ノンちゃんの、か細い叫びを聞いてくださる方のあることを、私はたいへんうれしく思っている。

初出　自作再見「ノンちゃん雲に乗る」「朝日新聞」一九九一年九月二十二日

太宰さん

太宰さんにお会いしたことは、何回もない。多くて五、六回だったろうか。それも戦争ちゅうの短い期間だけだった。

そんな私に、いまだによく「太宰さんてどんな人でした？」というようなことを聞く人があるのは、たぶん井伏鱒二氏が、ある随筆に、太宰さんと一しょに死んだ女の人と、私のように見える女とを対比して書かれたからではないかと思う。けれど、私が太宰さんについて思いだすのは、つぎのようなことである。

私は、太宰さんの作品ではっきりおぼえているのは、「走れメロス」一つきりというほど太宰治を読んでいない。いつも静かに読んでみようとは思っているのだけれども。

なぜ、「走れメロス」をおぼえているかといえば、これにもわけがある。ずっと前のこと、私は、メロスとセリヌンティウスの逸話を、あるイギリスの本で読んだ。そして、大分年上の知人に、その話を――たぶん、たいへん感激して――語った。ところが、その人は、しまいまでフンフンとおとなしく聞いてしまってから、「きみ、そんな話、ほんとにあるかね。」と言った。若かった私は、もうその人と話してもはじまらないと思って、何も言わないでその人をけいべつした。

それから、まもなく、ふと手にとった「新潮」か何かに、「走れメロス」という題の小説を見て、私はほんとにうれしく思い、その時、太宰治という作家の名を知った。

そのころ、井伏さんのお宅へよく伺ったが、井伏さんの世間ばなしの中にも、ちょいちょい太宰君という名が出た。そして、そのお話の調子から、井伏さんが、なみなみならず、太宰さんを愛していらっしゃる――こんなことばを井伏さんはきらわれるかもしれないけれど――のが、よくうかがわれた。

それから、またちょっと時がたって、日本が「二千六百年」の祭典にわきたっているころのこと、ある日、井伏さんのお宅へいくと、先客が二人あった。二人ともきちっと着物を着て、井伏さんの前に礼儀ただしく――私は、あのように敬愛の念をもって先輩に対している人たちを、その後あまり見たことがない――坐っていた。一人は、ほりの深い、日本的にハンサムな人、もう一人は、ちょっとつかみどころもないほどやわらかい感じの、私には少年のように若々しく思えた人。亀井勝一郎さんと太宰さんだな、と、そのころ、もうお二人はかなり有名だったから、紹介される前にすぐわかった。

私の記憶にまちがいなければ、私は、その日かその二、三日まえかに、上野の博物館で正倉院の御物《ぎょぶつ》を見てきたところだった。そして、その御物の色の美しさに、博物館の外に出てきたら、何だか外のけしきがまるでちがって見えて、ことに、道をいく人の着物がきたなくてこまったという話を、昂奮して井伏さんにしたように思う。

そのあと、井伏さんにお会いしたら、「太宰君がね、あなたのこと、あの人、えらい人ですねって言ってましたよ。」とおっしゃるので、私は笑ってしまったのである。井伏さんは、きっと私を喜ばそうと、そのいい評判を私にしてくださったのだろうけれど、私は、自分がえらくないことをよく知っていたし、それに、えらいという子どもらしい表現が、私にはとてもおかしく思えた。

戦争がだんだん大がかりになってきた。井伏さんのところに伺うと、どういうわけか、亀井さんと太宰さんが一しょに来ていらっしゃるのに、何度かお会いした。お二人で、そうして、いつも井伏さんとこへいらしったのかどうか知らないけれど、物を書くことが、だんだん不自由になるころのことで、心の通じあう同士、なんとなくあたためあっているような感じが、私には、したのである。いま考えると興味あることだけれど、太宰さんは、志賀直哉さんの作品を絶讃して、「あの描写は暴力だ。暴力だ。」というようなことばで感嘆していらしたように思う。

そのころ、私は、夜ねむれないでこまっていた。ある友人がねる前にベルモットをのめとすすめてくれた。そのころは、もうなかなか外国製のお酒など手にはいらなくなっていたのに、物知りのその友人は、鍋屋横丁の近くのある小さい店に、そんな物がヤミでなく売られていることを知っていた。私は酒のみでないから、一本買ってもしかたがないので、その友人と半分ずつに分けて、家へもって帰ってきた。ところが、お酒というと、ねむり薬に使うことさえおっくうで、そのベルモットのビンは、長い間、へらずに家の台所の棚につったっていた。私は、いつか、その話を井伏さんにしたと見える。

ある日、井伏さんと太宰さんが、突然、私の家のベランダの外に立たれた。ちょうど客が二人あった。私の家は、そのころ、一部屋きりなくて小さかったけれど、四人は腰かけられるのに、はにかみ屋の井伏さんと太宰さんは、どうしても板の朽ちかけたベランダからはいって来られない。おまけに太宰さんは、そこにあったボロボロの籐《とう》いすにかけてしまって、どうすすめても中にはいってこようとされなかった。私は、こまった。というのは、そのいすは、雨ざらしでボロボロであったばかりか、私のところへ時どき泊りにくる近所の浮浪犬のための指定席で、毛だらけだったからである。

その時の二組の客は、両方とも、相手にあわせてむつみあおうとしない人たちで、社交的でない私は、あちこち話しかけるのにまごついたが、そのうち、井伏さんが、子どものように、

「石井さん、ベルモット。」と言われた。

私は、はじめて気がついて、そのブドウ酒をもちだして、やっとほっとした。

お酒のことにはくわしい友だちが、私のために選んでくれたものだから、おそらく戦時ちゅうでもなかったら、井伏さんは、そんなものは飲まれなかったのかもしれない。それでも、晩春か、初夏で、みどりの葉の色のいっぱいなベランダでベルモットをのんでいらしった井伏さんたちは、私にには、とてもうれしい風景だった。

それから、私の記憶は、戦後にとんで、ばらばらになってしまうが、それは、私の身辺が、とても忙しかったからである。戦後、私は、東北で夢中になって百姓をしていた。そのころ、太宰さんが、「河北新報」に「パンドラの匣《はこ》」という作品を連載していらしったけれど、私は、それも読まなかった。夜になるとねむくなって、とても新聞の読めない生活だった。東京の井伏さんのところへ手紙のついでに、「太宰さんも東北ですね。」と書いたら、井伏さんから、「太宰君の住所は、どこそこです。」というかんたんな御返事があった。

私は、あの戦争ちゅう、「自分の思っていることが書けなくなったら、死ぬ。」と言っていたという太宰さんが、青森のいなかで胸にたまっていたことをいくらでも書ける時世が来てよかったなと思ったけれど、とくべつ手紙に書くことも思いつかなかった。

半年に一度くらい上京すると、身うごきもできない満員電車の中で、アワをとばして「ダザイハル」を論じている青年を見たりして、「ああ、太宰さんはたいへんな流行作家になられたんだな。」と、いつも太宰さんから少年のように初々しい感じしかうけとれないでいた私は、ふしぎな気がした。

そして、ある日、突然、東北のある山かげの道で、仙台からお米をしょいに来た友人を駅まで送っていきながら、私は、太宰さんの「心中」のニュースを聞いた。それは、ショックだったけれど、私が、その時、ぱっと考えたのは、太宰さんのことではなくて、井伏さんのことだった。何度も太宰さんを「死にたい病気」からひきもどしたことのある井伏さんが、とうとうこのことに会われて、どんなにしていらっしゃるだろうということだった。

私は、何も手紙に書くことができなかったけれど、何カ月かして井伏さんにお会いした時、まず「太宰さんがお亡くなりになって……」と言わずにいられなかった。そして、私は、話の途中で、「友情って、結局、そこまでは繫《つな》ぎとめられないものなんですね。」というようなことまで言ってしまった。まるで井伏さんを責めるように。

すると、井伏さんの話してくださったのは、私には奇怪な事実だった。死の直前の太宰さんのまわりには、いろんなものがとりまいていて、井伏さんは、とうとう太宰さんに近づくこともできなかったというのである。

それから、井伏さんは、ひょっと、

「太宰君、あなたがすきでしたね。」と、おっしゃった。

私は、いまでもよくおぼえているのだけれど、「はァ」と笑うような、不キンシンな声

をだしてしまった。そして、びっくりしたまま、

「それを言ってくださればよかったのに。私なら、太宰さん殺しませんよ。」と言った。

私は、太宰夫人のことも、たいへん同情していたし、そのほかのこともあったから、このことばは、私が、太宰さんをすきとかきらいとかいうこととは、まったくべつで、一つの生命が惜しまれてならなかったのだけれど、私は、それを井伏さんによく説明することができなかった。

「だから、住所知らしたじゃありませんか。」と、井伏さんはおっしゃった。

ひとり旅

数カ月まえ、用事ができて、イギリスに出かけた。出かけるまえに、ふだん、あまり親しくしていない友だちにその旅のことを話したら、そのひとは「ひとりで？　ひとりで？」と、頓狂《とんきょう》な声をあげてびっくりした。あまりびっくりされたので、旅のあいだも、よくそのことを思い出した。

考えてみると、女学校時代の修学旅行以来、私は団体旅行というものをほとんどしたことがない。それは、私が不器用で、ほかのひとについてゆこうとすると疲れて、考える余裕もなくなるためと、騒々しいことがきらいなためであるらしい。かといって、特にひとり旅を好んで、ちょいちょい出かけるというわけでもない。出不精の私の旅は、用事を兼ねたものが多いから、つい、ひとり旅になりがちなのだ。

私がひとりで出かけるのにびっくりした友だちの表情には、知らないひとたちのあいだでただひとり、さぞさびしかろうという、さびしさを恐れる色がよみとれた。けれども、私はひとり者だから、ひとりでいることには慣れているし、それに、さびしさというものを、私はきらいではない。たえ間なくしゃべっているひとととは何時間かいっしょにいると、ひどく疲れる——翌日、寝こんでしまうことがあるくらいだ——が、ひとりでいてさびしくて、どうにかなりそうだなどと感じたことは、一度もない。それどころか、さびしいときには、感受性が強くなり、まわりのものに心が開けるような気さえするのだ。

これは、私ひとりの——そして、私とおなじ型の人間の感じかたかもしれないけれど、何かを見、強い印象をうけたときのことを思いだしてみると、たいてい、ひとりのときに経験したできごとである。いますぐ心にうかぶ例をあげれば数年前、イギリス北部の小さな村で、道端の大樹の下の、小米《こごめ》のような形のピンクの花に見とれて立ちつくしたことがあったが、それは、私がある女性の画家の足跡をたずねて、二、三日、ひとりでその村を歩いたあとのことだった。歩くにつれて、何かが惻々《そくそく》と私をとりまきはじめていた。いま思えば、その大樹の下にじっと立っていた何十秒か、何分か、私は、そのピンクの雑草の花のかたまりを、その画家の目で見ていたような気がする。

このように、目のまえのもの、または、自分をとりかこむもののなかにすいこまれて、短い時間、ぼうとなることは、それまでにも、何度か経験している。

戦争ちゅう、私は、東京郊外の小さな家に住んでいた。母が死に、父が死に、いちばん親しい友だちが死に、私はその小さい家で、庭の木を切り、じゃがいもや大根をつくっていた。戦局は暗く、私のしたい仕事の場は、だんだんせばまり、私はつましく暮らしていた。家のなかは否応なく片づき、窓のガラスは、いつもきれいだった。

ある日、そのころの食事ともいえない食事のあと片づけをしながら、流しの上の窓から外をながめると、木々はみどりで、みどりをすかして見る空がほんとうに美しかった。そのとき、私は、自分のからだが、木々と私とのあいだの空気とおなじに透明になっていくような気もちになり、その透明なからだのなかの心臓から泉のようなものが、こんこんと流れだしているのに気づいた。私は、どのくらいかのあいだ、死んだひとや生きているひとたちをだいじにしなければという思いに打たれて立っていた。

このごろのように日常がさわがしく、人にもまれて、わあわあのうちに日をすごしていると、そうした瞬間が自分にあったことを忘れていることが多い。そして、脳の細胞の表皮に厚く膜がかかってしまったのかと思えるほど、鈍い日を送ることになる。しかし、たまに静かな時がしばらくつづき、ある条件が整うと、例の発作（？）は、突然、私を訪れて、びっくりさせるのである。

たとえば、二、三年まえの夏のおわり、私は姪といっしょに、山の一軒家でいく日かをすごした。そして、姪は「おばさん、気をつけてね。」といって、先に帰っていった。私は、二、三日ほど残って、家を片づけて帰る予定だった。雑巾がけをしたり、ごみを燃したり、あたりの枯れ枝をまとめたりしているうち、不意に、あのしいんとした感じが私を包みはじめた。それは、まわりの木々から、あたり一帯の森から私を目がけて迫ってきた。私の体内は生き生きとなり、そのなかで、私はひたすら、姪のしあわせ——いや、そのほかのすべてのもののためをねがっていた。

私は、自分はひとりぼっちでいるほうが、いい人間になれることを考えて、おかしくも思ったが、それは、うそいつわりのない事実であった。元来、不器用な人間が、すばやいひとたちについてゆこうとすると、納得もしないうちに物事を切りあげ、何かを口にし、先へ歩いていかなければならない。いつも中途半端なところで、粗雑に生きていかなければならない。

自分ながら、あきれるほどのろい私は、だから、自分流に旅に出るとすれば、ひとりでゆくということになる。ひとりで、まわりのひとたちの言動に微苦笑しながら、動きまわり、あるところに着くと、友だち（あまりおしゃべりでない）が待っているというような旅が、私にはいちばん好ましい。

ヘレン＝T

戦後まもなく、「ケア物資」というものがアメリカから日本に送られてきた。「ケア」とは、アメリカの宗教、教育、社会事業関係の人たちが結成した「敗戦国救済連盟」とでもいう団体の略で、そこでは世界じゅうの窮乏した人々に衣類や食物を送っていたものだとおぼえている。

東京でも、日ごろぼろをさげていた子どもが、ある日突如、花のような服を着て学校にやってきたので、みんながびっくりしたら、この「物資」をもらったのだという話を聞いたことがあった。そして、この「物資」は、今日の宅送便のようにダンボール箱で、いきなり個人宛にとどくのであった。こんなことを私が知っているのは、私にも未知の二人の婦人から、時をへだてて、そうした箱がとどいたからである。箱の中には、船倉の一種独特のにおいとともに、米・みそ・砂糖・ごわごわの美しい純綿の布、糸・ホック・キャンデーの類がいっぱいつまっていた。生きて再びまみえることがあろうかと思っていたこれらの品々を見たとき、私は夢かとばかり喜び、身辺のごくわずかな人たちと分けあったただけで、たちまち消費してしまった。いまでも、「ケア物資」とさえ聞けば、私は、その頃の私たちが、どのくらい飢え、どれほどつぎはぎだらけのものを着ていたかを思いだすことができる。

私は、その未知の婦人たちに礼状をだした。最初の二つの箱が、なぜ貧窮の極にいたわけでもない私のところにきたのかは、送り主にも、私にもなぞであった。しかし、文通がはじまると、彼らはまたしばらくして、私宛に「物資」を送ってよこした。一人は、ヘレン＝TというワシントンDCに住む、政府機関に勤める未亡人、もう一人はエルマー＝Kといって、反戦主義で有名なプロテスタントのメノナイト派の信者である農家の主婦。私は一九五四年から五五年にかけてはじめてアメリカにいったとき、彼らに会うことができたが、どちらも懸命に働いている庶民中の庶民であった。

私がいま、二人のうち、ヘレン＝Tのことだけを書くのは、このお正月、ヘレンの死を知ってから、彼女のひととなりが私の心をとらえて、はなれないからである。

ヘレンにはじめて会ったのは、一九五四年の初冬だった。彼女の指示どおり、汽車でニューヨークからワシントンに着くと、彼女は改札口の外で待っていた。まえにもらった写真でその美貌に驚いていたから、私はすぐ、その中年の美しいひとを見わけることができた。

ヘレンはそのころ、息子二人を育てあげたあとで、自分ひとりでワシントン郊外の一棟《むね》二軒つづきの一軒に、こぢんまりと住んでいた。そのときは、たしか四、五日の滞在で、私はウィークデーには図書館をまわり、彼女は勤めに出た。週末には、二人で市内見物をしたり、ジョージ＝ワシントンの屋敷であったマウント＝ヴァーノンへいったりした。ヘレンとともにいるかぎり、私は一セントも使うことがなかった。バスに乗れば、彼女が回数券を出し、博物館にゆけば、彼女が入場料を払い、カタログを買い、それを私にわたしてくれる。それが、あまりに自然に行われるので、私は遠慮したり、押し問答したりするすきがなく、このやりかたは、いつのまにか、私がヘレンのところへ泊まりにいくときの習慣になってしまった。そのかわり、私たちはタクシーに乗ったことがなかったし、贅沢なレストランにもはいらなかった。食事のあと、私には私の望みどおり、紅茶やコーヒーが出たが、ヘレンは水以外は飲まなかった。

そのくせ、彼女の生活には、コセコセ、ケチケチしたところはすこしもなく、性格も陽気で、冗談ずきだった。その南部なまりが、アメリカ上陸以来つきあってきた出版人や図書館員の、いわゆる知的なアクセントとはちがった温かい感じをあたえた。

いつか救済物資の話になったとき――彼女は箱を毎月一つずつ、世界じゅうへ送りだしているようであった――「いくつ出したか忘れたけれど、もう送ってこなくてもいいといってきたの、あなたとポーランドの○○夫人の二人だけ。そして、友だちになったのもその二人だけなんだから、ふしぎね。」といって、笑った。何派か知らないが、彼女が熱心に教会のために働いていることは、話のはしばしからうかがわれた。けれど、私は一度も彼女から神さまの話を聞いたことがなかった。

　この旅からもう三十何年。その後もアメリカへゆけば、たいてい寄り道して会いにいったし、文通はずっとつづいていた。十年ほどまえ、彼女は勤めをやめ、家を売り、小さいアパートにひっこした。そして、「年をとったら、生活は縮小しなくちゃいけないんだから。」と書いてよこした。家にいるようになった彼女は、よく生活の細々したことを知らせてよこした。壁紙をはりかえたこと。窓の外の木にくる鳥のこと。息子たちに会いにいったこと。日本の地震や洪水が新聞に出ると、すぐ見舞いの手紙をよこした。

　三、四年まえから、病院通いのことが、ちらちらと手紙に見えだし、むずかしい病名があげられていた。しかし、文面はあくまでも明るく、「一週間入院したけど、教会のひとたちはだれも知らない。」などと冗談めかして書いてあったりした。そして、一年ほどまえから、手紙がこなくなった。しかし、こちらからの手紙はもどってこないから、私はまだのんきに、「自分が書くのがおっくうなら、隣のひとに頼んで、容態を知らせて。」といってやったりしていた。

　去年、クリスマス・カードを書く頃になり、私はきゅうに気になりはじめた。二十何年かまえ、兵隊として日本にきたヘレンの甥、レイの住所がわかっていたので、私は彼に問いあわせた。

ヘレンは死んでいた。もう一年もまえに。

「ヘレンは癌《がん》で死にました。ディヴィッド（私も知っている、彼女の下の息子）に看《み》とられ、眠ったまま、息をひきとりました。」と、レイはかんたんに書いてよこし、「彼女は、ワンダフル・レイディでした。」とつけ加えてあった。

ヘレンは静かに、だまって消えていった。私は、お正月の何日かに呆然として、レイの手紙を読んだのだが、その後、彼女の面影は、日に日にあのつつましい家の中で見た彼女よりも大きなものになって私に迫ってくる。

井伏さんとドリトル先生

私の書斎(というのも、少し大げさすぎるのだが)の本棚の一隅に、私が物を書きかけたころの、思い出は深いが、ほかの人には価値のない本を積み重ねておく場所がある。

その中に、幅十三センチ、縦二十センチ弱、厚さ一センチほどの、まことにスレンダーで可憐な、赤い表紙の、特別な本が一冊、はさまっている。ほかの本は日に焼け、よごれているが、この本だけは表紙の色が褪せないように紙で包み、ビニールの袋に入れてある。私は、時どき、この本を出しては眺めるのだが、その度に、もしこの本が井伏さんのお宅に残っていれば、別の話だけれど、もしそうでなければ、この本は日本にこれ一冊ということになるかもしれない。そうなると、もっとだいじに補強して蔵《しま》っておかなければと考えつつ、何となく忙しさにまぎれて、またビニールの袋に入れて、元にもどしてしまっているのである。

奥付を見れば、すぐわかることだけれど、この本こそは、昭和十六年一月二十四日発行の井伏鱒二訳、『ドリトル先生「アフリカ行き」』の初版本（白林少年館出版部版）なのである。この奥付のいく行もない活字にざっと視線を移していくだけでも、私の胸には、さまざまな思いがこみあげてくる。

まず昭和十六年といえば、この年の十二月八日には日米戦争がはじまっている。井伏さんはじめ、日本語訳『ドリトル先生「アフリカ行き」』の誕生に関わった人たちのまわりには、この年の前後何年か、どうして生きていこうかという点で暗い雲がかかっていたはずである。

私は、その年の二、三年前に出版社勤めをやめ、二年前に母を亡くし、生まれた町に住む理由をなくして、井伏さんのお家のかなり近くの、杉並区荻窪へ引っこしてきていた。私が一ばん度々、井伏さんをふらりとお訪ねしたのは、そのころのことではなかったろうか。

そもそも井伏さんを、井伏さんと親しげにお呼びしてお付合いしていたのは、私の前に勤めていた出版社が文藝春秋社で、井伏さんはそのころ、ほとんど毎日のように編集者の永井龍男さんに会いに文藝春秋に来ていらしっていて、私は永井さんの下で働いていたからである。

井伏さんと私は、長い年月を経た今から思い出して見ると、そのころ、どんな話をしたのか、話題の一つ一つを思いだすことはできないのだが、ほかにお客のいないときの話は、日本の古代のことにわたったり（井伏さんは私に、学校で教えるのとはちがった歴史の本を貸してくださった）、雑談的に時勢の話をしたりしたような気がする。

しかし、あるとき、井伏さんが、次のようなことをおっしゃったときのことは、はっきりおぼえている。

「太宰はね、こう思うことが書けなくなったら、思う存分のことを書いて、壺に入れて、地面に埋めとくっていってるんですがね。」

そのときの井伏さんの語気を、どきっとするような思いで聞いたので、この言葉だけは、ひとつづりになって私の心に残った。それは同時に、そっくり、井伏さんのお気持ではないのかと思って、私は聞いたのである。

私は私で、よく子どもの本の話を井伏さんにした。私は、文藝春秋に勤めているころから、ある偶然の機会で、英米の子どもの文学に関心をもつようになり、アメリカの友人たちにも、大人、子どもという区別なく、広く両方に読者を持つ本を紹介してくれないかと頼んだりしていた。こうして送ってもらった本の中に、「ドゥーリトル先生物語」のシリーズがあった。こうして、日・英・米の国の関係は、昭和十六年に近づくにつれて険悪の度を増しながらつづいたのだったが、異国人同士、個人的に、かなり親しい友だち付合いをすることができていたのだなと、いまから考えるとふしぎな気持がする。後の井伏鱒二訳「ドリトル先生」が出るためには、その原本は、日米戦争勃発《ぼっぱつ》よりも、三年は前に私の手に届いていなければならなかったのだから、その意味では、アメリカの友人の友情をありがたく思いだすのである。

さて、私は、こうして友だちから送られた「ドゥーリトル先生のお話」をたいへんおもしろく思い、次に井伏さんをお訪ねすると、早速その粗筋《あらすじ》をお話しした。

井伏さんは、目をパチパチさせながら、その話を聞き終え、「いい話ですね。いい話ですね。日本の子どもの話って、糞リアリズムで厭味《いやみ》だ。こういうふうにいかないいんだなあ。」とおっしゃった。

さてまた一方、私は、こうして井伏さんのところに押しかけて勝手に子どもの本の話をお聞かせしたりしている間に、二、三の女の友だちと語らって、小さい、子どものための図書室を設けようとしていた。それは、ある友人の厚意で一つの事務所を信濃町近くに無料で借りることができたため、そこを子どもの図書室にし、併せて子どもの本の出版をしようということだった。「戦え、戦え」のその時代に、まず子どもたちに、どんな本を読んでもらいたいかということを考えたとき、私たちがまず思いついたのは、無謀かも知れないけれど、「ドゥーリトル先生のお話」だったのである。

紙の配給やお金のことは、ほかの友人が心配する、私の役目は、井伏さんに「ドゥーリトル先生のお話」を訳してくださいとお願いすることというところに、私たちの間で事は勝手にきまってしまった。

さて、じっさいにどう井伏さんに交渉し、「よし」といっていただいたのか、そこのところが、私の記憶からまったく欠落している。この文の初めに書いた、好ましい、赤い表紙の小さい本、『ドリトル先生「アフリカ行き」』の「あとがき」で、井伏さんは、「私はドリトル先生のさういふ風格に痛く傾倒し、それで久しい以前からこの物語を翻訳してみたいと考へてをりました。」と書いてくださっている。井伏さんが「ドリトル先生」の訳をなさる間、創作の方の大きな支障になることを、私がひどく気にしていることを知っていらしって、井伏さんはそう書いてくださったのではないかと私は思っている。『ドリトル先生「アフリカ行き」』は、戦争ちゅうにもかかわらず、日本の社会に迎えられ、戦後は、続篇が延々十二巻まで、井伏さんを文字通り煩わしつづけたから、私のいま言える本音は、「井伏さん、ごめんなさい。長らく創作のおじゃまをしました」なのである。

しかし、最初の巻だけをお手伝いした私から見ると、井伏さんは、あの本の翻訳ちゅう、かなりたのしまれたのでもあろうという気もしないではない。「ドゥーリトル」の名前は、下訳をもっていって、説明する私に、ずばり、「ドリトル先生にしましょう」とおっしゃってきめになるし、「情況が思わしくなく、好転するのを待つという意味の諺《ことわざ》……」などと私が言い終わらないうちに、「待てば海路の日和《ひより》」と教えてくださるし、「頭が二つで胴体が一つの珍獣、押しっくらをしているけものの名」といえば、「オシツオサレツ」という言葉が井伏さんの唇から流れ出ていたのだった。

そのような質疑応答のあと、井伏さんは、原稿をかばんに入れ、旅行に出、それこそ徹夜で呻吟《しんぎん》してくださったようである。そして、帰られると、そのたいへんさをしみじみ思いだしたというように、「ああ、この原稿は、きつかった。ああ、これには手を焼いた、はあ。」というようなことを、ため息をついて呟かれるのであった。

高峰秀子　第一章　『わたしの渡世日記』より

猿まわしの猿

当時、松竹蒲田の人気スターといえば、栗島《くりしま》すみ子、川田芳子、五月信子、英百合子《はなぶさ》で、それまで女形で名をなしていた衣笠貞之助《きぬがさていのすけ》、小栗武雄等の名声にとってかわり、時代は、ようやく変わろうとしていた。

監督では牛原虚彦《きよひこ》、池田義信、島津保次郎《やすじろう》等が競ってこの時代を担い、なかでも野村芳亭《ほうてい》監督は、蒲田映画の最右翼であった。

「母」は、松竹スター・システムの土台をつくりあげたとでも言うべき女性映画であった。栗島すみ子、川田芳子、五月信子の人気三大スターに諸口十九《もろぐちつづや》、岩田祐吉の二枚目を配して、「生みの母」「育ての母」「義理の母」という、それだけ聞いても日本人好みの新派大悲劇、母もの、女性映画の決定版とも言える、ハンカチ映画であった。

「母」は大ヒットした。大阪道頓堀《どうとんぼり》に松竹座が落成、その開館の挨拶に下阪した出演者一行は、梅田駅頭で黒山の群衆にかこまれ、身動きも出来ず立ち往生したと伝えられている。

　私の旅のはじまりは、このお祭りさわぎから始まった。人は私の出発を幸運だといい、稀《まれ》には恵まれた星の下に誕生したとも言う。時の流れに乗っただけさと笑う人もあれば、天賦《てんぷ》の才だとほめてくれる人もある。しかし、私は五歳の少女であった。「子役」などという意識もなければ、嬉しくも、悲しくもなかった。ただ私の周辺が、にわかに騒がしくなったというくらいのことで、むしろ降ってわいた災難であり、迷惑でさえあった。私はただただ、石蹴りや、ままごとをして遊んでいたかった。

　撮影所の仕事開始は、昔も今も午前九時である。昨日までは、起きるも寝るも私次第、母と二人で優雅に暮らしていた私だったのに、さあ、それからというものは、朝は薄暗いうちから叩き起こされて、母と二人で省線鶯谷《うぐいすだに》の駅へと急ぐ。早朝なので、車中にはお客の姿もほとんどない。私はうしろ向きになって窓ワクにつかまり、首から紐でぶら下げたゴムの乳首をチュウチュウと吸いながら、窓外に流れる町並みを眺める。品川の手前あたりで、やっとオレンジ色の太陽があがって来る。三十分ほどで蒲田駅へ到着、母に手を引かれたり、途中でオンブされたりしながら撮影所の門をくぐり、五、六十畳もあろうかと思われるダダっ広い子役部屋へと上がる。

　畳敷きの真ン中には、一メートル四方ほどの木製の火鉢が置いてあり、母は黄色いドーランを取り出して私にお化粧をはじめる。その頃のドーランたるや、まるで堅炭の如き代物で、火にあぶりながら溶かさないと、うっすらとノビてくれない。火鉢はダテにあるわけではなかった。母がドーランを炭火で温め温めては私の顔にこすりつけ、てのひらで満べんなくノバすのだが、顔中の皮膚があっちへ引っぱられ、こっちへ戻され、その痛さに私はポロポロと涙を流した。「衣裳」に着替えて、持参の朝の弁当を食べる間もなく九時のサイレンが鳴り、助監督が私を呼びに来る。母と私は子役部屋を飛び出してステージに入り、出番を待つ。

グラス・ステージは、蒲田撮影所の誇るガラスだけで出来たステージで、大きなガラスの家、というより「温室」のような建物で、太陽光線を利用して撮影するために作られたものである。夜はライトをつけて撮影を進めたが、当時はまだカーボン・ライトを使っていたから、カーボンの青く、鋭く、稲妻のように燃える光の中で、俳優たちは両眼を真っ赤に充血させ、撮影の合間には、眼帯をかけたり湿布をしたりしていた。私には、それらの姿が不気味に見えた。

「さァ、秀ちゃん、こっちよ」と、助監督に手を引かれてカメラの前へ立つと、野村センセエや川田芳子センセエをはじめ、スタッフ一同がひとしきりガキの私の御機嫌をとってくれる。この習慣は、四十数年たった今でも同じである。それからカントクさんの言うように「おしばい」をして、私は昨夜、母に教えこまれた「セリフ」とやらを言うのである。

私は、顔のあっちこっちを引っぱられて痛い化粧をされるのもイヤだったが、何度も何度も同じ「おしばい」のテストをくりかえされるのもイヤでたまらなかった。しかし、どんなに私がイヤだと思っても、それをやらなければいつまでたっても家に帰してくれないから、私は覚悟して、カントクさんの言うように、右に行けと言えば右、でんぐりかえれと言われれば、いつまでもでんぐりかえっていた。

けれども、我慢のならないこともしばしばあった。私は墨くらい上手にすれるのに「ここらでピチャンと墨を落として、ワーンと泣け」などと注文が出てくる。「なんでこんなアホらしいことをしなければならないのか」と、私は子供心にも不満であった。

おまけに、私の「母ァさん」はステージの暗がりに姿を消し、川田芳子センセエや栗島すみ子センセエを私の「カアサン」と呼ばなければならない。この不思議さ。私には、まだ芝居と現実の区別がつかなかった。でも、この「カアサン」たちは、三人とも私の「母ァさん」よりずっと美しく上等で、そばへ寄るといい匂いがして悪い気持ちはしなかったことを今でも覚えている。

昭和四年十二月一日に私の第一回作品「母」は封切られ、劇場という劇場は超満員の盛況で、高峰秀子という「子役」は、次の日から本人の意志とは全く関係なく、企業の流れのうたかたとなっていた。母の手には「続・母」の台本が即座に渡され、それに続いて「暴風雨の薔薇《ばら》」がクランクインした。

母と私は毎日、鶯谷から蒲田の間を往復していたが、いっそ撮影所の近くに住む方がなにかと便利、ということになったのだろう。私たち親子三人は鶯谷の二階借りから蒲田の小さな家へ引っ越した。母の言葉によると、当時の私の月給は「三十五円」であったという。今でこそ「三十五円」では豆腐一丁も買えないが、当時、大学出の初任給が六十円だったというから、マセたガキの三十五円は悪い月給ではない。高給である。三畳と六畳に台所のついた一軒家を借り、親子三人が飢えない程度に食って行けたのだから、今の貨幣価値とは格段の違いがあった。

撮影が終わって家へ帰ると、どういう訳か毎日、養父が家に居た。母と二人で銭湯へ行く。夕食後のひととき、養父と母は代わる代わる私に足を投げ出させて「長くなれ、長くなれ」と言いながら、膝《ひざ》小僧やスネをさすったりひっぱったりした。「アメじゃあるまいし、ひっぱったって長くなるもんか」と、私は心底バカバカしかった。当時の映画は、まだサイレントだったから、容姿のみが映画俳優の財産であった。しかしサイレントの時代は昭和五年で終わった。サイレント末期の傑作は、川端康成原作・五所平之助監督の「伊豆の踊子」である。

昭和六年、日本で最初のトーキー映画「マダムと女房」が製作された。監督は五所平之助、主演は田中絹代、渡辺篤で、私の役は田中絹代の子供であった。

なにしろ、撮影はオール・トーキーだということで、川崎の静かな野ッ原にロケ・セットを組み、スタッフは毎朝バスを仕立てて出発という、昨日までとは打って変わった大がかりな仕事であった。今のようにダビング・ルームの設備などはなかったから、音楽もセリフと同時に録音した。ロケ・セットのそばに宮田東峰《とうほう》指揮するところの「ミヤタ・ハーモニカバンド」がズラズラと並び、「用意ッ、ハイ!」という五所監督の掛け声と共にカメラが回り、音楽がはじまる。曲は「マイ・ブルー・ヘブン」であったと思う。

音楽入り演技など、今考えれば珍妙だが、当時は一同大真面目のコンコンチキで、松竹としても乗るかそるかの大仕事であった。芝居をトチると、音楽もはじめからやり直しとなり、芝居がうまくいったと思うと、録音や音楽にミスが出て、一つのシーンを撮り終えるたびに、俳優もスタッフもバンザイを叫んだ。

トーキー映画の出現は、俳優にとって一大恐慌をもたらした。どんなに二枚目であっても、どんなに美人のスターであっても、いや、美人であればあるほど「地方訛《なま》り」は決定的な致命傷で、それまで第一線の超大スターであった川田芳子も、その「新潟訛り」のためにたちまち役を失った。しかし、訛りがまた個性的な効果をあげる場合もある。例えば笠智衆《りゆうちしゆう》、藤田進、大河内伝次郎などは、あの独特の訛りとセリフまわしが、大きな魅力と、人には真似の出来ない強みになっている。ただし、大河内伝次郎を除いて、訛りで生きのびられた人は、大方、バイ・プレイヤーに限られていたようである。

昭和六年の春、私は蒲田の尋常高等小学校へ入学した。しかし、当時の映画会社には組合もなく「労働基準法」というものもなかったから、少女といえども「子役」である私は夜昼の区別なく働かされた。母の胸には常時、二、三冊の台本が抱えられていた。小学校に通った記憶はほとんどなく、徹夜徹夜の仕事が続いた。ふだんでも半ベソをかいたような私の哀れっぽい顔は、ちょうど「母もの・お涙頂戴映画」に適していたのか、女の子ばかりでなく、髪の毛をバッサリ切られて男の子の役もさせられた。今言う「かけもち」である。

遠い昔のことで資料もなく、出演した本数、題名も定かには覚えていないが、「大東京の一角」「愛よ人類と共にあれ」「将軍」などには男の子として出演し、「朧夜《おぼろよ》の女」「麗人」「十九の春」「東京の合唱《コーラス》」などには女の子として出演していたと思う。午前中の撮影は半ズボンで男の子、午後の撮影はスカートといった忙しさで、ある時などは突然、助監督が私をおぶって駆け出したと思ったら、撮影所の門を出て「床屋」へゆき、アッという間に、オカッパが坊ちゃん刈りになってしまったこともある。

女の子役に私を予定していた片方の監督が意地になり、その映画には、なんと徹頭徹尾、帽子をかぶった私が「女の子」になって登場したという珍談もあった。もう小学校どころの騒ぎではなかった。朝から晩まで、私は助監督の背中から背中へ運ばれ、カメラの前に立たされて、それがなんという題名の映画なのかも知らず、監督の言うセリフをオウム返しに喋っていた。私は、言ってみれば猿まわしの猿であった。

猿の仕事（？）は次第に幅をひろげ、付き添いの母はヘトヘトになって、いつも肩で息をしていた。生活がふくらむと同時に、財布は逆にやせた。月給三十五円では、名刺代わりにくばる名入りの手拭いさえ染めることが出来なかった。「名子役」だのなんだのと騒がれれば騒がれるほど、生活はかえって火の車であった。

「大東京の一角」は、五所平之助の作品である。現在、日本音楽著作家連合の会長である藤田まさとは、その頃、蒲田撮影所の顧問をしていて五所監督の親友だったので、彼はちょいちょい「大東京の一角」のセットやロケ先を覗きに来た。美男子とはいえないが、心優しくサッパリとした人柄に私はなつき、彼も私を可愛がって、毎夜のように銀座などへ連れていってくれた。帰りには蒲田の家まで送ってくれるので、私の養父母とも親しくなり、以来、長期間にわたって私の影武者的存在になり、精神的、経済的に、親子ぐるみで恩恵を受けた人である。

当時、私は男の子役の方が多くて、服装もセーラー・ズボンなどをはいていたから、彼はいまだに私を「坊や」と呼ぶ。五十歳の古婆《ふるばば》アに向かって「坊や」もないもんだが、そう呼ばれるたびに、私の脳裏には坊や時代の思い出がよみがえって心が和み、私も思わず六十代半ばの彼に「まさとおじちゃん」などと言ってしまう。他人《ひと》から見たら恍惚《こうこつ》の男女と思われても仕方がないだろう。

当時の松竹には、男女合わせて五十人程の子役が居《お》り、「なにも、わざわざ女の子にズボンをはかせてまで」と、男の「子役」の母親たちからチクリチクリとイビられて、私の母は辛《つら》い思いをしたらしかった。男女二役は、私が十歳になる頃まで続いたから、とうてい「小学校」へなど通うヒマはない。たまに学校へ顔を出しても学科は先の先へ進んでしまって、なんのことやらチンプンカンプン、通信簿はもちろんアヒルの行列であった。といっても月に三、四日の出席日数では、先生も甲、乙のつけようがなかったことだろう。それなら家庭教師でも、と今でこそ考えるが、当時は時間的にも経済的にもそんな余裕などはなかったし、私以上に無学な母は、やっと「ひらがな」が書ける程度だからお話にならなかった。

しかし、私にも「神」のような人はいた。それは担任教師の指田先生という男の先生であった。先生は私の家を何度か訪問し、家庭の事情を知ったのだろうか、私と母が京都の松竹下加茂《しもがも》撮影所へ出かけたり地方ロケに出発するという時には、必ず二、三冊の子供の雑誌を手に駅へ駆けつけてくださった。「コドモノクニ」「セウガク一年生」（編集部注・のちの「小学一年生」）など、美しい色刷りの雑誌を胸に抱きしめて、私は心底嬉しかった。私は指田先生のおかげで、あやうく「文盲」をまぬがれたのである。指田先生を思うとき、感謝とか恩人とか、そんな言葉ではとうてい表現できない、胸に溢れてくる得体の知れない感情に、思わず、あれはやっぱり神様だったと手を合わせたくなる。

今から五年ほど前、私はテレビジョンで、忘れもしない「指田先生」と対面をした。額の広い、ちょっとアゴの張った「先生」が現れたとき、私は思わず走り寄って抱きついた。しかし、その人は先生の息子さんであった。考えてみれば、今から四十年余りも前のことである。当時三十歳前後であった指田先生が、そのままの姿で現れるはずがないではないか。「父は、十年前に亡くなりました……」と息子さんから伺っても、私の眼は、あの指田先生にあまりにもそっくりな眼《まな》ざしの息子さんに吸いついたまま棒立ちになり、しばし言葉も出なかった。

四十余年前の昔と現在では、もちろん「時代」が違う。劇団やテレビジョンや映画に出演している「子役」たちも、昔のように親自身の虚栄や興味のためというよりも、子供自身がすすんで「子役」になりたがるケースの方が多いようである。それはそれで結構だと私は思う。ただ私は「子役」のお父さんやお母さんにこうお願いしたい。「義務教育だけは、しっかりとさせてあげて下さい」と。子役の演技に、「芸術」だの「演技」だのはない。子役は所詮《しょせん》、猿まわしの猿なのである。猿が大人になったとき、いや、猿がある日、猿でなくなったとき、「お前は猿でいたいと言ったじゃないか」では済まないのである。

もちろん、今では指田先生を上まわる家庭教師をつけることも出来るだろうし、世に名高い教育ママも後ろに控えているだろう。けれども、子供にとって一番の喜びは、「学問」以前に「子供同士が友達をつくり合う」ことであり、生まれてはじめての小学校における「集団生活」の経験だと、それをついに持つことの出来なかった私は、自信を持って言うことができる。

私には、学校時代の友達というものが一人もない。子供可愛さの親バカの気持ちは、子供を産んだことのない私にも分からないことはないけれど、「バカ親」にだけはならないでほしい。これは、ただ一生懸命ではあったが無学な母とグウタラな父のために、今日、五十歳という年齢を迎えてなお、無学コンプレックスから脱しきれない私自身の、「子役」を持つ親たちへの余計なお喋りである。

「指田先生」から差し入れされた絵本や雑誌を胸に抱えて、私は毎年、大晦日《おおみそか》になると決まって夜行で地方へ旅立つ。当時の映画館では、映画二本の間に、「アトラクション」というサービスがあった。上映中の映画に出演している俳優が、ステージに上がって簡単な新年の「御挨拶」をするのである。一日四回、一カ所にせいぜい二日、劇場が数ある場所なら二軒かけ持ちで一日八回の「御挨拶」ということもあり、元日から七日までは日本国中を駆けまわるということになる。

元日の早朝、地方の宿屋に駆け込むと、朝食のお膳には必ずその地方の雑煮がついた。ある時は、白味噌仕立てであり、ある時は納豆汁、ある時は大根の千六本と丸餅だけという変わった雑煮もあった。「御挨拶」の第一回は午前十時である。あわただしく祝う雑煮には、味も、新年の感傷もなかった。お椀の中身が変わるたんびに、私は「私のうちでは、母は一体どんな雑煮を作るのだろう」と、それればかり考えていた。母は雑煮どころではない。舞台衣裳のシワをせっせと「火のし」でのばしては、中身には眼もくれず雑煮椀の汁をすすっている。二人はただ黙々と時間を気にしながら腹ごしらえをし、舞台化粧をほどこし、衣裳をつける。母娘の間に、家庭的な新年の会話が交わされたことは、ただの一度もなかった。

昭和三十年三月、私が松山善三と結婚をしたとき、私がいちばん最初に「所帯道具」として買った物は、極上の蒔絵《まきえ》の「雑煮椀」と、明治の頃に作られた「針箱」であった。洋服のボタンさえつけられない私が、なんのために紫檀《したん》でできた高価な針箱を買ったのか。いま考えても滑稽《こっけい》だが、元日の早朝にハネ起きた私は、まずうやうやしく蒔絵の雑煮椀を取り出すと、女中さんに教えてもらいながら「私の雑煮」の製作にとりかかった。

水を入れた鍋を火にかけ、一枚の昆布を浮かす、湯が煮立ち、昆布が浮きあがるのを待って、かつお節を入れ、火をとめる。塩をひとつまみ入れ、二、三滴の酒と醬油《しょうゆ》をたらして、再びちょっと煮立たせる。今度は、小さな切手ほどの焼き餅と鳥のささみと、かまぼこと、結び三つ葉を盛り込んだ椀の中に、そのスープを静かに張る。そして、お膳にのせる。ソギ柚子《ゆず》と、針に切った焼きのりを餅の上に三角に盛りあげる。

この雑煮が「東京風」なのか、「地方風」なのか、私は知らない。しかし、生まれて初めて自分で作った雑煮を、家庭と名のつく場所で、主人と向かい合って祝ったのだ。主人の口には合わなかったかもしれず、彼はがまんして食べたのかもしれない。でも、私の心は、叫び出したいほどの満足と幸福感でメロメロになっていた。私だけにしか分からないその心を、彼は知ってか知らずか、文句も言わずに椀を二つも干してくれたのが、いっそう嬉しかった。

「タカミネヒデコデゴザイマス。シンネンオメデトウゴザイマス。ドウゾヨロシク」

私はニッコリとしてオカッパ頭を下げる。文字通り劇場内は、鈴なりの客である。嵐のような拍手が湧く。最終回の「御挨拶」が終わるのは夜の八時。楽屋口に待機した自動車に飛び乗り、宿で衣裳の着替えを済ますと、もう母は私を追いたてて、駅へと走るのである。再び見知らぬ土地へ向かって、私たち母娘は手をつなぎながら列車の人となる。

〽酒は涙か　溜息か
　こころのうさの　捨てどころ

一世を風靡《ふうび》したこの流行歌の意味は知らなくても、七歳の私は大好きだった。石炭臭い夜汽車に揺られ、誰かが口ずさむメロディーを子守唄のように夢うつつに聞きながら、いつかコトン！　と眠ってしまうのであった。

土びんのふた

その日のロケは、みぞれが吹きつける大磯の海岸であった。しかし、映画の中では「夏」の設定である。男の子に扮した私の衣裳は、半そでのスポーツシャツと半ズボンだけ。肌は鳥肌立ち、歯の根は合わなかった。何度かのテストの末、本番のOKが出ると、私はふところへ両手をさし込んで待ちかまえる母に向かって突進する。母は私をすっぽりと自分のコートの中へ迎え入れる。私は母の身八ツ口《みやくち》へちぢかんだ両手を差し込んで、母の素肌のぬくもりに触れ、やっと人心地がつく。

その私にすぐ「秀坊！」と助監督の声がかかると、私はまたまた身をひるがえして一目散にカメラの前に走り戻るのだった。カメラという機械はパートに油が塗ってある。その油が寒気で凍るとカメラが動かなくなるので、トライポート（三脚）の中にはいつも炭火を真っ赤におこした石油罐《かん》が置いてある。が、人間のための火の気は全くなかった。

映画にはシーズンがある。夏に封切る映画を作るためには冬季に、冬に上映する映画を作るためには夏季に、撮影をしなければならない。したがって俳優は、冬には薄い衣裳で骨までこごえ、夏には冬衣裳でうだりながらガマン大会という寸法になる。

世間の人は、俳優商売とは人にチヤホヤされ、高価な衣裳を着て立派な家に住み、一日中美味《うま》い御馳走を食べて、お出かけは外車でスイスイ、仕事といえばカメラの前に二、三時間立ってチョロリと泣いたり笑ったりするだけで大金ガッポリ……と思うかもしれない。が、楽屋を覗けば「どっこい、そう甘いモンやおまへんでエ」である。名優だ、大スターだといわれたところで、しょせんは一つの作品を作るための一個の道具であり、一枚の絵をかくための一本の絵の具にしか過ぎないのである。私たち俳優はスタッフと一緒にバタバタ働く、単なる肉体労働者で、もちろん女優だから、子供だから、という区別もなければ容赦もない。

俳優になる「第一条件」はといえば、顔や容姿や演技力以前に、まず「強靱《きょうじん》な肉体」の持ち主でなければならないのだ。肉体と神経をフルにコキ使う俳優商売は、「丈夫で長保《ながも》ちする肉体」からはじまると言っていいだろう。最近でこそ、やれ「ノドが痛い」の「調子が出ない」のと無造作に休んだり蒸発したりするタレントがいるらしいが、昔はそんな甘えや弁解は一切許されなかったし、また俳優の常識としても考えられないことであった。

ゴムの乳首をくわえて北海道から上京した当時、モヤシの如くひよわであった私が、子役になって二、三年も経つうちにメキメキと丈夫になったのは、いわゆる「東京の水」が合ったのか、激しい労働のおかげで身体が自然に鍛えられてしまったのか、また、母の努力の賜《たまもの》であったのかもしれない。母は、どこから聞いてきたのか、三種類の漢方薬を土瓶で煎《せん》じ、また、焼いたニンニクを一日に丸一粒ずつ私の口に押し込んだ。

どちらも臭くて私が家中逃げまわると、母はどういうわけか私の掌《てのひら》に一銭玉を握らせ、私はその一銭につられて結局は三、四年ほども続けて飲んだだろうか。青春につきもののニキビひとつ出ず、傷をしても化膿《かのう》せず、なによりも身体が丈夫になったのは、あの臭い漢方薬とニンニクのおかげであったかどうか、私にはいまだに分からない。とにかく、四十余年間、仕事に無遅刻、無欠勤を通せたことは、私が「健康優良児」であった、ということだろう。

しかし、ニンニクや漢方薬の力を借りても七歳の子供の体力には限度がある。とても大人の仕事のペースに付き合いきれるものではなかった。私はあれこれ考えて、自己防衛の策を練った。つまり「要領」を使ったのである。撮影所の夕食は五時から一時間。六時には再び夜間撮影でセットに入る。子供の機嫌をとるには、一にも二にもエサしかないと考える浅墓な大人たちは、テストの合間に用意のアメ玉を私の手に握らせる。もともと甘いものに弱い私は、もうそれだけでうんざりである。

九時から十時には必ず、撮影所の外を屋台のおでん屋が通る。と、助監督が駆け出して、私のために串にさした三角のコンニャクを買ってくる。なぜ、いつもコンニャクなのかしらないが、「まあ、いいや」と思ってそのコンニャクを平らげる。それから何時間か経つと、またまた助監督が、今度は自転車に乗って撮影所の外へ走り出て行く。私は、彼がどこへ行ったのかちゃんと知っている。彼は閉店間際の蒲田駅の売店へ行ったのである。そして、それは即ち夜中も十二時に近く、仕事は午前様になることを意味している。案の定、彼は小さな甘納豆の袋や板チョコをポケットに入れて戻って来る。

考えてみれば、助監督の仕事というものは実にたいへんな労働である。手にはカチンコ、腰には雑巾、監督の世話からセットの掃除、子役のお守りまでしなければならない。助監督はヒマさえあれば子役の私と遊んでくれた。いや、遊ばねばならなかった。私の機嫌をそこねれば、仕事は一歩も進まない。映画のスタッフには常に三人か四人の助監督がついているが、彼らは私の顔をみると、まるで獰猛《どうもう》な犬にでも出くわしたように、全身に媚《こ》びをたたえて近づいてくるのが、私には滑稽であった。

子役部屋とセットの間も、彼らは私をオンブしたりダッコしたりで運んでくれた。いまは亡き松竹の監督であった矢倉《やぐら》茂雄という人の助監督時代に、私は彼の背中でオシッコをもらしたことがある。仕事は辛く、厳しくても、すべては大監督になるための努力と忍耐である、と希望に燃えてコマネズミの如く立ち働く彼も、よもや背中にオシッコをひっかけられることまでは計算に入っていなかっただろう。

後年、監督になった彼と、娘に成長した私が再会したとき、「いい思い出ですよ」と彼は言ってくれたが、私の顔には、恥ずかしくて火花が散った。

さて、蒲田駅の売店が閉まり、省線の音も絶え果てた、ということは、以後、兵糧《ひょうろう》の供給もなく「家の軒三寸下る頃」を意味する。そしてそのとき、私がなにをするか、といえば、ただ「寝ちまう」のである。

「ハイ、それまでよ」と、狸寝入《たぬきねい》りをきめこむのである。周りが如何《いか》に騒々しかろうと、仕事の途中であろうと、そんなことは知っちゃいない。

私は真剣にネンネの演技にとりかかる。スヤスヤという息遣いは意外とむずかしい。一所懸命に狸寝入りをしているうちに、本当に寝入ってしまうこともあり、夢うつつの私の耳に「秀坊が寝ちゃったから、あとは明日にするか？」などというヒソヒソ話が聞こえてきたりする。そして、とにかく私はその日の撮影からやっと解放されるのであった。

なにからなにまで承知の上で大勢の大人を手玉にとるなど、いま考えてみればイヤらしいガキであったと、われながら疎《うと》ましく思わないではないが、そうでもしなければ身が保《も》たないことを子供ながらも感じていたのだろう。猿まわしの「猿」でも、せっぱつまれば人をコロリとだます知恵が出るものなのだ。「ゴテ秀」などという仇名《あだな》もついていたらしいが、「ゴテ秀」だろうが「ヒネ秀」だろうが、勝手にしやがれ、という心境であった。

映画やテレビで、ジャリタレという虫ずの走るような呼び名を与えられた現在《いま》の子役たちを見るたびに、私は当時の自分を思い出して身の毛がよだつ思いがする。「可哀そうに」という気持ちはない。ましてや「頑張れ」などという感情はさらさらない。子供劇団の中には、まさに「すれっからし」としかいいようのない子役たちも大勢いる。

当時の私のような陰湿さもみえず、彼らは彼らなりに、それこそ何もかも承知の上で、演技をすることに嬉々《きき》としているのかもしれないが、私の眼から見れば、どうしても「大人に作られたコマシャクれた人造子供」である。子供はいずれ成長すればイヤでも大人になる。せめて子供のときくらいは、自然な子供の世界で、子供らしく遊ばせ、子供同士の会話を持たせてやって欲しいと私は願う。仕事で子役と付きあうたびに、その子役が上手《うま》ければ上手いほど、私は「この子はいま何を考えているのだろう」と心が震えてならない。

人間形成は幼児期に……とは、なにかのコマーシャルでみたような文句だが、大人はせいぜい心して子供に対して欲しいと思う。一寸の虫にも五分の魂があり、その魂は大人のそれよりも〝鋭敏〟かつ〝怜悧《れいり》〟である。子供には、感受性はあっても、大人の鈍感さはない。

私は生まれてはじめて、七歳で人をだましたが、どういうわけか母に向かってはただの一度も本当の自分の気持ち、つまり「疲れた」とか「辛い」とか「イヤだ」という言葉を言って甘えたことがなかった。言ってみたところで、母は困るだけだ、ということが私には分かっていたし、子供心にも「自分が一家の働き手」であることをウッスラと感じはじめていたからだろう。そして母もまた、私の長い俳優生活の間にただの一度も私に向かって「辛いか？」「イヤか？」「やめたいか？」というような言葉をくれたことはなかった。

母は、私が「俳優」という仕事を本当に好きなのだ、とテンから信じて疑わなかったのかもしれないし、もし私が「イヤだ」と本音を吐いたら、と警戒したのかもしれない。高峰秀子は、かつての母の芸名であった。母は自らが果たせなかった夢を私の上にみることで夢中になっていたのかもしれない。私が高峰秀子をやめることは、母自身の高峰秀子としての生命が断ち切られることであったのだろう。撮影の合間には黙々として絵本に見入るか、気味の悪いお化けの絵ばかりかいていた子供の私を、母はいったいどんな気持ちで瞠《みつ》めていたのだろう。

松竹キネマ撮影所は、もともと演劇界から出発した合名会社であり、本命は活動写真より歌舞伎《かぶき》や劇団新派で、より確実な観客をつかんでいた。この年、劇団新派は花形役者を総動員し、客演には新劇のピカ一女優、岡田嘉子を迎えて「松風村雨《まつかぜむらさめ》」という、いまでいう大型ホームドラマを企画した。その主役になる子役に当時八歳であった私が、蒲田撮影所から抜擢《ばってき》された。子供の私にとってはカツドウであろうとシンパであろうと、大した違いはなかったけれど、最高にエキサイトしたのは、もともと舞台の好きな私の母であった。

というのは、そのキャストの豪華さである。私の実母役に花柳《はなやぎ》章太郎、花柳の父に井上正夫、母に河合武雄、祖父が伊井蓉峰《ようほう》。私の養母が岡田嘉子、岡田の母が英《はなぶさ》太郎、父に大矢市次郎という、当時では前代未聞の配役であった。母は日がな一日、低いハナの頭に汗を浮かべ、食事もそこそこに、一人で父や母や祖母の声色を使って、私にセリフを教えこむ作業に熱中した。私はとうとう稽古が始まる前に、三時間にわたる大作の分厚い脚本を隅から隅まで丸暗記してしまったくらいであった。

明治座の舞台に、さえわたった「柝《き》」が入り、かすかな風をおこして緞帳《どんちょう》が上がると、舞台装置は人気もなく広々とした日本座敷である。遠くに犬の鳴き声をキッカケに、上手《かみて》の廊下の奥の戸が開いて寝間着姿の私が両手で眼をこすりこすり出て来る。多分、オシッコにいってきたのだろう、その幕あきだけはおぼえているけれど、あとは全部忘れてしまった。

初日があいて私が面くらったのは、稽古場ではたしかに男だった花柳章太郎、英太郎、河合武雄が、舞台ではアッと驚く美女になって現れたことであった。稽古場ではロイド眼鏡に背広姿だった英センセイは、総白髪の上品なおばあさんになり、角帯にべらんめえ口調でガアガアがなりたてていた花柳センセイは、大丸まげの水もしたたる美人になってしまっている。

私はわけが分からなくなった。美人の花柳センセイに抱っこされて頬ずりをされたり、セリフをやりとりしているうちに、どういうわけか私の手は自然に花柳センセイの胸もとに忍び寄り、オッパイをまさぐってしまうらしい。芝居がハネると、私は母に連れられて「お疲れさまでした」と、役者部屋を回る。丸まげのヅラを外し、浴衣《ゆかた》でアグラをかいた花柳センセイは、私を見るとカラカラ笑いながら「秀坊、ヤだぜ、くすぐってえじゃねえか、俺にゃオッパイがなくてわりいなア」と頭をなでてくれた。

しかし、翌日になってまた舞台に上がると、私は彼でない彼女のオッパイをまたぞろまさぐってしまう……それほど、舞台の花柳章太郎は「女」であった、ということだろう。

ある日、花柳センセイは両方の胸に土瓶のふたを入れて出てきた。そして小声で私の耳に囁《ささや》いた。

「どうだい？　これでがまんしとくれよ」

芝居には、プロンプターの習慣がある。セリフがよく入っていなかったり、忘れたりする役者のために、演出助手や役者の弟子たちが、台本をもって舞台のかげに身をひそめ、小声でセリフを教えるのである。プロンプターの声を聞きもらした耳の遠い役者が、思わず大声で「なんだとオ？」と振り返って芝居がワヤになったという珍談を、私も何度か聞いたことがある。

「松風村雨」は、私が舞台に上がっているかぎり、一人のプロンプターもつかなかった。「秀坊のほうがプロンプのつけかたがうまい」ということになったらしい。なにしろ台本一冊を丸暗記した私なので、舞台裏の薄暗がりでモソモソしているプロンプターよりは、はるかに頼りになったらしく、私は腹話術よろしく全員のセリフをつけ、センセイがたはそれを面白がって毎日のように、ごほうびをくれた。

とくに井上センセイのごほうびはいつも外国製の玩具《おもちゃ》で、私にとっては珍しいものばかり。楽屋部屋も彼だけはしゃれた絨毯《じゅうたん》に腰かけつきの三面鏡で、すっかり西洋風にしつらえてあった。芝居がハネると、私は衣裳を脱ぐのももどかしく風呂へ入って白粉《おしろい》を落とし、井上センセイの部屋へ飛び込む。大きなベッ甲《こう》色の眼鏡にモダンなチェックの上衣を着たセンセイは私を見ると、「さあ、秀坊行こうかネ?」と椅子から立ち上がって私の手をとって楽屋を出る。大勢の弟子や、頭取や、私の母に見送られて、センセイと私が楽屋口に横づけされた黒い立派な自家用車に乗り込むと、居並ぶ人々がいっせいに深く頭を下げる。「センセイは偉いんだなア」と思うと同時に、私のハナまで高くなるような、ちょっぴり面《おも》はゆいような気持ちがした。行き先は、これも決まって西洋料理屋で、井上センセイは私の気に入りそうな料理をあれこれ選んでは、私がそれを食べるのをニコニコして見ていた。

私は子供の頃から日本料理より西洋料理のほうが好きだったが、井上センセイに御馳走になる料理は、子供心にも「これが、上等で本格的な西洋料理というものか」と思うようなものばかりだった。

楽屋でも舞台でも「女」であったのは、私の養母に扮した岡田嘉子センセイ一人であった。劇中、ヒイヒイ泣きながら逃げまわる私を、岡田先生が物差しを振りかざして追いかけて折檻《せっかん》する場面があった。昭和十三年一月、杉本良吉と樺太《からふと》から国境を越えてソ連へ亡命したことで話題をまき、最近、何十年振りかで日本へ里帰りをしてまた話題をまいた岡田嘉子は、老いても尚《なお》美しいが、当時の美しさといったら子供ながらにみとれるほどのエキゾチックな美人であった。

最近、なにげなく開いた「銀座百点」という雑誌の対談で、彼女のこんな言葉を読んだ。

「いまから四十年余りも前に、私は新劇から劇団新派に借りられていったことがありました。生意気盛りの私は、新派の舞台になじめず、劇中、子役だった高峰さんを折檻するところで、『こんな子供を……』と思ってぶつ真似をしたのです。そうしたら、秀子さんに『そんなぶちかたじゃ泣けないいじゃないの』と叱られて、私はその一言にハッと目がさめたような気がしたものです……勉強させてもらいました」

私はもちろんそんなことを覚えてもいない。そして、この岡田さんの言葉にビックリし、冷や汗をかいた。舞台の芝居にはたくさんの約束ごとがある。演劇はウソで成り立つ芸術である。第一、役者は板張りの舞台の上を歩きながら、それが雪の道か、泥の道かを表現する。観客はそのウソをたのしむために劇場へやって来るのだ。舞台に降る雪は四角く切った白い紙であり、映画ではすり下ろした麩《ふ》や塩を使って少しでも現実の雪に近づこうとする。

五歳で映画界に入って、わずか二年ばかりの間に、子供の私にも映画演技のようなものがおぼろげながら身についていたということだろうか？　だから、子役はおそろしいのだ。いや、そんなことよりも、「岡田センセイ、間違っていたのは私なのです。生意気だったのは私のほうなのです。ごめんなさい」と、謝らなければならない。

「松風村雨」は、劇場用語ではトリという最終の演《だ》しものであったが、私は中幕の「満州国」という劇にも出演していた。それは日本と満州国にかかわる作品で、私は緞子《どんす》の中国服に、繻子《しゅす》の帽子をかぶり、満州国皇帝「溥儀《ふぎ》」の幼年時代に扮していた。

生まれてはじめて見る中国風の舞台装置。中国の女官たちの美しい衣裳、弁髪に裾《すそ》の長い中国服の男優たち。舞台とはいえ、外国人（？）を見たはじめての経験で、私にはなにもかも珍しかった。

私のセリフは少なく、舞台正面に据えられた彫刻のある紫檀《したん》の椅子にチョコンと腰をかけている時間のほうが長かったが、日本陸軍の軍人に扮した男優たちの、異常に居丈高なセリフの調子と、革の長靴のカツカツという高く鋭い足音に、私は子供心にも威圧を感じた。もちろん、一言のセリフも、私には理解ができなかった。

昭和七年。上海《シャンハイ》事変が起こり、犬養毅が暗殺された。オリンピックのロサンゼルス大会では、日本選手が水上五種目で優勝。悲喜こもごものあわただしさの中で、日本は強引に

「満州国」の建立を宣言した。そして、早くも軍隊や民間人が続々と満州へ渡り、明けても暮れても人の話題は「満州国」一辺倒であった。

満州国皇帝「溥儀」の席に座りながら、私は「今晩の井上センセイの西洋料理はなんだろうな?」と考えながら、そっと唾《つば》をのみこんでいた。

つながったタクワン

〽どこまでつづく　ぬかるみぞ
三日二夜を　食もなく
雨ふりしぶく　鉄かぶと

昭和七年も終わりのころ、近づいて来る大戦争の足音の中で、初めて発売された「軍国歌謡」である。しかし、一部の日本人を除く私たちにとっては、「戦争」はまだ実感として受けとられず、遠く異国の空の下にあった。この重々しい軍歌でさえも、酒席のさざめきの中でのみ歌われていた。

戦後出版された本を読むと、日本の生命線「満蒙《まんもう》を守れ」という政府のやっきとなった宣伝活動も、不況にあえぐ国民には、かえって威圧感を与える結果となって、その向こうにエロ・グロ・ナンセンスといった退廃的な風潮が流れてきた、と書いてある。

「涙の渡り鳥」「影を慕ひて」など、感傷的なメロディーの流行歌が人々の口から口へと流れ、政府や新聞は反対に軍国調の活字にのめりこみ、上海事変から満州事変へと戦争が拡大されるにつれて、映画界でも溝口健二監督による「満蒙建国の黎明《れいめい》」などが製作されるようになった。いまだに名作として日本映画史上に残る島津保次郎監督の「上陸第一歩」も、昭和七年の作品である。

しかし一方では、同じ監督による「嵐の中の処女」や「隣の八重ちゃん」、小津安二郎監督による「生れてはみたけれど」や成瀬巳喜男監督の「君と別れて」など、庶民生活の機微を描きながら、身動きの出来ない社会への反抗を見せる作品もあいついで製作された。

子役の私は、エロ・グロにも軍国ものにも関係はなかったが、松竹映画の製作本数が増えるにつれてますます多忙になり、蒲田の現代劇ばかりでなく、そのころ時代劇専門の撮影所になっていた京都下加茂撮影所へも飛んで、林長二郎や坂東好太郎主演の時代劇に出演した。

林長二郎と坂東好太郎は、野球でいえば王、長嶋といった両巨頭。当時の時代劇をしょって立つ二大俳優であった。私は坂東好太郎にメチャメチャに可愛がられ、撮影の終了後はたいてい彼の常宿であった「松の家旅館」へ連れて行かれ夕食を御馳走になった。同じ宿屋に彼の婚約者であった飯塚敏子も泊まっていて、彼女が部屋へ来ると、決まって好太郎と私が風呂の中でふざけていたり、向かい合って食事をしたりしているので、彼女はよくおかんむりになったものだった。休みの日には、運転手つきの自動車で郊外のドライブや動物園にも連れて行ってくれた。

私はこの文章を書く前に、「なぜ当時あんなに私を可愛がってくれたのですか？」と彼に電話をしてみた。すると彼は、「なぜってことはない。文句なしに可愛かったから……他に理由なんてないね」という返事が戻ってきた。子供のころの私は、そんなに可愛かったのだろうか？ 今、私がだれからも憎らしい憎らしいと敬遠されるのは、可愛かった子供時代のハネかえりかもしれない。世の中スムーズにはゆかないものである。

京都での撮影が一段落すると、私は小さなチョンマゲのカツラを脱いで蒲田へ舞い戻り、当時世間を騒がせた坂田山心中の映画化「天国に結ぶ恋」、「将軍の娘」「母の愛」「十九の春」、そして喜劇「与太者と海水浴」などの出演に日夜かけもちの大車輪であった。

「与太者と海水浴」は、それまでの女優路線一辺倒の蒲田調には珍しく、若者三人組の喜劇シリーズであり、三人組の一人は、現在もなお独特な芸風で活躍中の三井弘次であった。今から四十余年の昔、「与太者と海水浴」の宣伝スチールを撮るために、私は「写場」へ行って三人の若者と初対面をしたが、なぜか、小柄で目つき鋭く、いなせな、というより一癖ありげな若者、三井弘次だけが私の印象に残った。

「今までの松竹の俳優にはなかったタイプの人」だと、子供心にも感じたのだろうか？ 以来、四十年余り、私は執念深く三井弘次をみつめ続けたが、彼が一歩、一歩と独特の個性を生かして「いぶし銀」のような演技者になってゆくのが、他人《ひと》ごととは思えないほどうれしかった。彼の演技に接するたびに、私は「先見の明があった」と得意になっている。彼と私は、その後も何本かの映画で共演したが、それとこれとは全く無関係で、私は彼の一ファンであり、彼の演技を見ることが楽しいのである。

私は、自分が演技をするのは、昔も今も苦手だが、上手い俳優が好きだ。テレビが茶の間に入り込んでからは、むしろ下手な俳優のほうが親近感があって人気がある、といった珍傾向があるらしいが、私は「人気はなくても上手い俳優」が好きだ。これも、私自身が俳優の端くれだということとは関係ないようで、私自身が自分の演技に酔ったり、溺《おぼ》れたり、のめり込んだり、つまり「俳優べったり」になれないからこそ、常時シラジラとした第三者の眼で他の俳優を眺める習慣が身についてしまったのかもしれない。

今の言葉で言えば「終始サメっぱなし」とでもいうのか。そういう意味では、私は仕事以外のすべての事に対しても終始一貫、ただ現実と二人連れで、まるでゴールのない競馬ウマの如く、何十年もの間をひたすら走り続けてきただけである。いかに生活のためとはいいながら、なんとも夢のない青春時代を過ごしたものよ、と苦笑いが出る。

「その夜の女」は島津保次郎監督の傑作だが、一週間で脚本を書き、十日間で撮影を完了した。しかも誉れは高く、伝説の映画となった。同じ監督でも私の主演映画である「頬を寄すれば」が完成された当時は、アメリカの名子役といわれたシャーリー・テンプルの映画が日本でも大人気で、外国映画の封切り館であった帝国劇場で、「可愛いテムプルちゃん」と「頬を寄すれば」の東西子役映画二本立て、という珍しい特別ロードショーが行われた。私とシャーリー・テンプルの人気は真っ二つに割れ、口さがない世間は二人の優劣を競って論じた。それから四十年余、シャーリー・テンプルは政治家となり、私は、せっせと駄文を書いている。私の負けである。

映画界の巨匠、名演出家といわれる人たちは、当然のことながら好みが強い。私は一年に十本以上の映画に出演していたが、そのほとんどの作品は、野村芳亭、五所平之助、島津保次郎、小津安二郎のものだった。そして私は、この四人の間を、「男の子」になったり「女の子」になったりして飛びまわっていた。当初から「監督中心主義」で出発した松竹映画撮影所には、各監督の個室があり、室内は監督の好みにデコレートされていて、それぞれに決まったスタッフだけが、誇りを持ってその部屋に出入りしていた。

各組のスタッフは、まるで団結した一家族のような存在だったから、勢い、仕事の上は勿論《もちろん》、喧嘩も仲人も借金もみんな一緒で、いい意味でも悪い意味でも、他の組と妍《けん》を競い合っていた。中でも華々しかったのは、一本の作品が完成されると「完成祝い」と称して、監督が身銭を切って五、六十人ものスタッフを引き連れ、一夜、大盤振る舞いをする習慣だった。

場所は横浜の本牧《ほんもく》、銀座のカフエ、そして吉原などであった。このごろのように物価高の東京で、五、六十人の人間にへべれけになるほど酒を飲まれようものなら、監督は演出料から足が出るどころか、夜逃げでもしなければならないだろう。今の映画界を斜陽というならば、当時は日の出の勢い、まことに景気のよい大らかな時代であった。

「完成祝い」に選ばれる場所は、およそ私のような子供には縁のないところばかりだったが、どういうわけか、私は必ず連れて行かれた。明治生まれの荒くれ野郎ばかりの中に、大正生まれのチビガキが一匹まぎれ込んでいるのは、不思議な光景だったろうに、私はいつもだれかの膝に乗せられ、特別仕立てのバスにゆられて、本牧や吉原へ繰り込んだ。いま考えてみれば、銀座や吉原の女たちが、子役の私を珍しがって寄って来るのが、大人たちの「めあて」だったのか？　私はどうやら大人たちの格好なダシに使われていたらしい。

銀座では、今の交詢社《こうじゆんしや》のそばの「カフエ・クロネコ」、尾張町《おわりちよう》の角の「カフエ・ライオン」へよく連れてゆかれた。店内には春には桜、秋にはモミジの造花が飾られ、手回しの蓄音器の朝顔型のスピーカーからは、当時爆発的に流行《はや》っていた東海林太郎《しようじ》の「赤城《あかぎ》の子《こ》守唄《もりうた》」が流れていた。ハイカラという大きなウエーブのついたヘアスタイルに、レースつきの白いエプロンをかけた女給さんたちの姿も、鮮やかに思い出される。

近代的な銀座にくらべると、吉原はガラリと変わっていて、ある地域だけが別世界を営んでいるように見え、空気までも違った匂いがした。

道の両側には二階、三階建ての「妓楼《ぎろう》」が並び、妓楼の前には、青く細いネオンサインで縁どられた一メートルほどの、娼妓《しょうぎ》たちの全身像の写真が何十枚も並んでいた。威勢のいい男衆の声に迎えられ、黒えり姿の仲居に導かれて大広間に入る。日本髪に美しい裾をひいた女たちが続々と現れ、座敷はたちまちにして華やぐ。酒が運ばれ、御馳走が並び、三味線やタイコが鳴り出す。私がいつも感心して見とれるのは、豆しぼりの手拭いや扇子を小道具に、洗練された手踊りを見せる「幇間《ほうかん》」たちであった。

酒が入り、座が乱れはじめると、女は代わる代わる私の手を引いて、そっと座敷を脱け出し、長い廊下を歩いたり、階段を上がったりして、私を自分の部屋へ連れこんだ。息抜きをするにも、一人だけでは都合が悪かったのだろうか？

女の部屋は、賑《にぎ》やかな大広間の雰囲気とはまるで違っていて、ちんまりとして陰気な小箱のようであった。小さな長火鉢の前には二枚の座ぶとんが置かれ、鏡台と小ダンスがあり、小ダンスの上には決まって人形が飾られていた。女は私と向かい合って長火鉢によりかかり、私にはお菓子を、自分は煙草に火をつけたり、お茶を飲んだりした。彼女らは、今の今まで広間で嬌声《きょうせい》をあげて騒いでいた女とはまるで別人のように見えたし、へンに静まりかえった部屋で、見ず知らずの女の人と向かい合っている私は、息がつまりそうだった。

女は十分も経つと、ちょいと鏡をのぞき、私の手を引いて再び広間の喧騒の中へ戻り、私はリレーのように他の女の手に引き渡されて、またまた廊下を歩いて、その女の部屋に連れて行かれる。「おいらん」といわれる彼女たちと子供の私の間に話題などある筈《はず》もなく、火鉢の横に美しい着物の裾を広げた彼女らの、私を見る心の中には、いったいどんな思いがあったのだろうか。

私は世間の子供のように小学校や動物園へは行けなかったが、カフェや吉原に出入りするうちに、少なくとも映画界の他にも沢山の別の世界があり、多勢の人たちがそれぞれに別のことを考えて生きていることを知ったようである。

もちろん、私は撮影のない日は人並みにランドセルを背負って小学校へ出かけていった。しかし、それはごくたまのことで、級友たちはヒョックリ顔を出した私に「子役」としての興味を持ってくれるだけで、友達ではなく、私にはかえってわずらわしく迷惑だったし、学科は相変わらず先へ進んでしまっていて、私だけがポツンと取り残された格好であった。私は学校へ行くのがだんだん苦痛になってきた。

昭和八年、私が九歳になったばかりのある日のことだった。いつものようにげんなりしながら学校から戻ると、玄関の上がりがまちに腰を下ろしている巡査と母の姿が見えた。と思った途端に、こっち向きに座っていた母の顔色がサッと変わり、眼の前の白い紙片を手早くたたんで、早口で巡査に何か囁いた。巡査はゆっくりと私を振りかえり、そのまま立ち上がって帰って行った。母はピョンとバネ仕掛けのように立ち上がると、座敷へ行き、タンスの小引き出しの中へその紙片をしまい、台所へ入ってゴトゴトと音を立てはじめた。「なんだか様子がおかしい」と思った私は、踏み台に上ってタンスの中の紙片を取り出して広げて見た。薄い二枚折りの紙には「平山志げ。養女秀子」と細い字で書かれていた。「なんだ、戸籍調べか」と、私はそれを元に戻そうとした。その時、母は血相変えて台所から飛び出してきた。そして叫んだ。

「見たのかいッ、お前？」

「うん、見た」

私はいとも簡単に答えた。母はとたんに腰を抜かしたように、その場にヘタヘタと座り込んでしまった。さあ、それからが大変で、「実は、お前は私の産んだ子ではない」とか「せっかく内緒にしてあったのに」とかと、涙ながらにカキくどき、まさに新派大悲劇の愁嘆場《しゅうたんば》が夕食を前にして延々と続いた。私にすれば、死んだ生母の記憶もあり、自分が養女であることなど先刻承知だったから「なにを今更あらたまって」と、内心滑稽なくらいだったが、こんな場合にゲタゲタと笑うわけにもいかず、そうかといって深刻ぶってみたところで涙など出るわけもない。

「いいじゃないの母さん、私は一緒に暮らしている母さんを自分の母さんだと思っているんだから……産んだとか、産まないとか、実の母とか義理の母とか、そんなこと大したことじゃないわよ」

私は母を慰めようとして更にマセたことを言ったのかもしれない。情勢はむしろ悪化した。母のショックは二重三重とかさなり、こんな大事件の最中にケロリとして涙ひとつ見せない私に怒りを感じたに違いない。今までの泣き顔がたちまち憤怒の形相に変わり、顔面蒼白《そうはく》、まなじりはひきつり、手足は震えだして、完全なヒステリー状態になった。そして再び叫んだ。

「お前という子は……なにもかも知っていて……よくも、よくも！」

なにが「よくも」なのか、私にはさっぱりわからなかった。私は、母に叱られるような「悪いこと」をした覚えは一度もなかった。では、子供の私のほうから「養女に参りました。どうぞよろしく」と挨拶でもするべきだったのか？　上京当時四歳だった子供にそれをしろ、と言ってもムリな注文ではないか。私はそんなことを考えながら完全にシラけたが、母と私の、頭と胸は、イスカの嘴《はし》のように食い違っていて、どこまで行っても合う筈はなかった。

私が生まれて初めて見たものすごい母のヒステリーの発作は、文句なく恐ろしく、生命の危険さえ感じるほどであった。母のヒステリーは、その後も事あるごとにエスカレートして私をおびやかした。私はそんな母を見るのが嫌で、当然言うべきこと、言わねばならぬことも、だんだん控えるようになってしまった。ということは、母と子の心情に、「目に見えぬわだかまり」が落ち葉のように蓄積されてゆくことでもあった。人間同士の心が、それも親と子の心が通じ合わないほど侘《わび》しいことはない。

その事件以来、母はなにかというと「親」という言葉を持ち出すようになった。

「親に向かって何を言う」

「私はお前の親だよ」

それは、子供を持ったことのない女が、生《な》さぬ仲の娘に対して、というより、自分自身に向かって「母親」を定着しようとして吐く、血の出るような言葉であったかもしれない。が、言われるほうの身になると「オヤオヤ、またか」と、かえって自分が「養女」であることを皮肉られ、断定されているようで、なんとも間尺《ましやく》に合わない気持ちになった。母と私の心の歯車は、そんなところから、徐々に嚙《か》み合わなくなっていったようである。

といっても、母と私は毎日親子喧嘩をしていたわけではない。相変わらず朝になれば二人揃って撮影所へ通った。冬はお互いに抱き合って暖をとり、夏はお互いにウチワであおぎ合いながら嬉々として笑った。九歳の私には付き添いが必要だったし、母もまた、私の世話をするよりほかに「生きがい」は無かったようである。

というのは、養父と母の間は相変わらず険悪で、家にいれば二人の口争いは絶えなかったし、でなければダンマリ戦術。中にはさまった私は、身の置きどころを探してウロウロするばかり。親子三人の気持ちはいつもチグハグで、家庭らしく和やかな会話や食事風景が持たれることもなく、家の中の空気はいつも重苦しく澱《よど》んでいた。

ある夜、親子三人が珍しく小さなチャブ台を囲んでの食事中であった。何を話していたのか私には覚えがないが、突然、養父と母がはげしい口論をはじめ、プイと立った母は台所へ入っていった。私も、しょうことなしに箸を置いて母のあとを追って台所へ入った。母はポロポロ涙をこぼしながらマナイタを出し、タクワンをきざんでいた。そんな母を見ると、私はつくづく母が可哀想になり、私の眼にも涙が溢れた。母が戸棚から丼《どんぶり》を出し、切ったタクワンを盛ろうとした時、タクワンはよく切れていなかったのだろう、ジュズつなぎになって二人の間にダランとぶら下がった。二人は思わず顔を見合わせ、「エヘヘ……」と笑った。そんな時だけ、私は母の心にピッタリと寄り添う自分を感じた。

タクワンの夜以来、養父はまたまた家をあけるようになった。そして母は撮影所へ行く時、玄関の鍵を持って出るようになった。夕刻、仕事を終えて疲れ果て、空腹をかかえて家に帰りついたとき、夏ならともかく、冬は火の気もなく暗く冷たい家へ二人は手をつないで入って行ったが、なんとも侘しく、せつなかった。母は不機嫌に台所に立ち、ガスに火をつけて炭火をおこす。私はオーバーのポケットに両手を突っこんだまま、座敷の真ん中で足踏みをしていた。

「早く、明日の朝になって陽があたればいい」と、私はひたすら時間がすぎてゆくのを願うだけだった。

父・東海林太郎

映画産業が「トーキー時代」を迎えると、無声映画時代に花形であった活弁士や楽士が一挙にして職を失った。田舎まわりの活弁士だった私の養父も失業して、そのころの流行語になっていたルンペンになった。

〽スッカラカンの　空財布
でもルンペン　のんきだね

徳山璉《たまき》歌うところの「ルンペン節」の歌詞はのんきだが、我が家のルンペン親父は、その空財布に私の月給のピンハネを入れては、のべつ幕なし姿を消した。養父はきまった職を持つでもなく、そうかといって家に落ち着いているでもなく、帰って来るでもなく来ないでもなく、母と私にとってはなんともうすぼんやりした存在で、迷惑至極な人であった。

養父と母の不仲の原因が、「母以外の女の人」であることを、私は子供心にもうすうす感づいていたけれど、母の心にはてんから妥協の余地がないらしく、どちらかといえば、しんねりむっつり型の養父に向かって、はじめに激しい言葉を投げつけるのは決まって母のほうからだった。それものれんに腕押し、母はいつも独り相撲をとっていた。最近、母と二人で昔話をしていた時、私は母にこう言った。

「母さんは、なぜもっと早く、あんな父さんと別れなかったの？」

「だって、昔の女は一度結婚したら、そんなことを考えちゃいけなかったんだよ」

「いやな人だったね」

「いやな人だった」

世間には、たくさんの親子が居り、「父と娘」という関係にも個々の違いがあるだろうが、私と養父・荻野市治ほど呆気なく、縁の薄かった親子があるだろうか？　今、父に関する記憶をたどってみても、父に連れられて表へ出たのは、銭湯へ二、三回、そして松竹蒲田撮影所へ一度行ったきりで、その後「さようなら」とも言わずに別れたきり、音沙汰《おとさた》もなく、今から十年ほど前に、母がヒョイと「荻野が死んだようだよ」と言い、私が「あら、そう」と答えて、おしまいであった。

袖振り合うも他生《たしょう》の縁、というけれど、彼はまるで私を子役にするだけのために現れたような人だった。昭和四年のあの日、彼が五歳の私を背負って撮影所見学にゆかなければ、私は子役になってはいなかっただろうし、普通の家庭のように父母のどちらかが働いていれば、私も小学校くらい行かせてもらっていただろうし、せっかく貰った私という養女を接点として、夫婦の間になんらかの和解の道が開けていたかもしれない。

が、逆に考えれば、なまじ私が「子役」になったことで、母が私一人にかまけ、私に生きがいを持ちはじめたことが、かえって父母の感情を混乱させ、離別をいっそう早めてしまったのではないだろうか。過ぎ去ったことをあれこれ憶測してみたところで、人生やり直しがきくわけでなし、もはや母にとっても私にとっても、養父のことは時効だが、ただ私という存在が夫婦別れに拍車をかける結果になったのではないかと、私はいまだに心の隅で、母に一種の負い目を感じている。

養父に対する怒り、嫉妬《しっと》、失望、侮蔑《ぶべつ》、母の心にたぎるすべてのエネルギーは、ほとんど執念ともいえる形で私に向かって投げつけられた。それはまず私の歯の抜歯からはじまった。

といっても、母がヤットコを振りかざして私の歯をヒッコ抜いたわけではない。子供の乳歯は六歳から生えかわるというが、私の口の中には八歳になってもまだ乳歯が、それもボロボロに砕けた「みそっ歯」が残っていた。ある日、そのみそっ歯を押しのけて上の歯ぐきのとんでもないところから、真っ白い永久歯が頭を出したのを見た母は仰天し、私を連れて町の歯科医院に飛び込んだ。

消毒薬の匂い、なにやらズラズラと並んでいる冷たく光る医療器具、白衣を着てスックと立っている医師……。私の全身は恐怖で縮みあがった。ガンとして口を開かず、ポロポロと涙だけこぼしている私を扱いかねたのか、その日は無事に放免されたが、撮影所の帰りが早い日は決まって母は私をひきずるようにして歯科医院のドアを押した。そのたびに私はべちょべちょと泣き出し、母にしがみついて離れなかった。

ある夜、母娘で食事をすませたあとで母が言った。

「歯の先生の家へ遊びにいってみようか？　ついでに秀子の口の中をちょっと診《み》てもらおうよ」

お腹がくちくく、機嫌のよかった私は、思わず「ウン」とうなずいた。医院の前で、私の足は一瞬逡巡《しゆんじゆん》したが、ドアが開いて顔を出したのは、いつもの白衣ではなく和服にヘコ帯姿でニコニコ笑っている先生であった。診療室には、いつもの白い戸棚も背の高い椅子もなく、ゆったりとした応接セットが置かれていたので、私はすっかり安心した。

先生が寄って来て、「どれどれ、お口を開いてごらん」と言ったとたん、私の歯ぐきに素早く麻酔の注射がうたれたらしい。二、三分の後には、先生の掌に真っ黒いみそっ歯が一本載っていた。私は「アッ！」とびっくりしたものの、抜歯が意外と痛くないのを知って、それからは毎日のように一人で医院へ通い、残ったみそっ歯を徹底的に駆逐した。やがて上下ベロベロになった歯ぐきから、真っ白くて大きな永久歯が頭をそろえて現れた時の、母と私の驚きと喜び。私はまんまと、母と医師の策略にひっかかったのであった。

その昔話をすると、ある人は「金の生《な》る木だと思えば、そのくらいの知恵は出るでしょうよ。美しい歯はタレントの財産だもの」と言い、ある人は「そこがやっぱり生さぬ仲。私ならとても可哀想で出来ない」と言い、そしてまたある人は「生さぬ仲も実の親も関係ないよ。それは母親として全く賢明な処置だった」と言う。

他人の意見は様々で、当時の母の心情が、この中のどの言葉に該当したかを私は知らないし、私自身も子供を持っていないのではっきりした意見は言えない。ただあの時、母が私の泣き声にほだされて私の乳歯の残骸《ざんがい》をそのまま放置しておいたら、今ごろ私の歯はメタメタの乱杭歯《らんぐいば》になっていて、目もあてられなかっただろう。たとえそれが「金の生る木」のためであったにせよ、私の歯に関する限り、「母が私にしてくれたことの大傑作」であったと、私は今でも母に深く感謝している。


最近、私がある店で買い物をしていた時、年のころは七十歳くらいの、店のご主人らしい男性に声をかけられた。

「私が昔、新宿ほてい屋の呉服部におりました時、あなたの七歳の晴れ着いっさいをそろえさせていただいたんですよ。お母様はお元気ですか？」

私の脳裏に、薬玉《くすだま》模様の美しい振り袖がパアッと広がった。その晴れ着は高価であった。

私の乏しい月給ではまかない得ず、母がなけなしの自分の持ち物を売りとばして整えてくれた晴れ着であった。当時、私のブロマイドは売れゆきがよかったのか、私は毎月のように新しいブロマイドの撮影をしなければならなかった。

しかし、そのたびに衣裳を新調しなくてはならないのが苦労の種。なぜなら、ブロマイドの衣裳は自前だったから、母にしてみれば大変な支出であった。一度に一ダースから二ダースの写真を撮るけれど、ブロマイドの撮影には金銭収入というものが一銭もなく、たしか一版について二十枚ほどのブロマイドが謝礼として手渡されるのが習慣になっていた。カメラの前に立つ私は、たとえセーターにしても新しい衣裳を着ていたが、付き添いの母はいつも着古した銘仙《めいせん》か、くたくたのお召しの和服であった。母のチビた下駄が写真館の台所用の下駄に間違えられ、女中さんに履かれて銭湯を往復したこともある。

もちろん、ほてい屋さんがそろえてくれたという七歳の晴れ着も、ブロマイド用であった。母は、ここ一番「秀子をなんとしてもスターに育てたい」と頑張って、分不相応な晴れ着をはりこんだのだろう。「やるといったらどこまでやるさ」という、母の激しく強い気性が、この抜歯と晴れ着に躍如としてあらわれている。

養父がいてもいなくても、母と私にとって「家」は、ただ「撮影所に通うため」に寝起きする「宿」にすぎなくなった。朝は早く、帰りはたいてい遅いので、隣近所にどんな人が住んでいるかさえ知らず、とくに友達になりたいような子供を見かけることもなかったが、冬の朝とか、秋の夕方とか、人通りの少ない時に限って、私は時々、不思議な少女を見かけた。

年は十二、三か、それより上か、全く判断がつかない。彼女の髪も眉毛《まゆげ》もマツ毛も真っ白く、肌の色も異様に白く、いつもネンネコで背負った赤児をゆっくりと左右にゆすりながら子守をしていた。私と視線が合うと、黙ってニヤッと笑って目を伏せた。「あれはね、白《しら》ッ子《こ》っていうんだよ」と母が言った。「白ッ子？」。人通りのないころを選んで外へ出て、たった一人で子守をしている白ッ子。白ッ子はきっと、他人にジロジロ見られるのがイヤだったのだろう。

当時「天才子役」などといわれた私も、やはり何処《どこ》へ行ってもジロジロと人に見られ、珍しい動物のように扱われるのがイヤでたまらなかった。白ッ子だって、好んで白ッ子に生まれてきたかったわけではないだろう。彼女の胸の中には、私以上にたくさんの「言いたいこと」が溢れているに違いない。そう思いながらも、私がいつも彼女に会うのは撮影所の行き帰りだけで、母に追い立てられてせかせかと歩いている私には、彼女と言葉を交わすヒマもなく、同じようにニッと笑って彼女の前を通りすぎるだけだった。

白ッ子に比べれば、私には撮影所という逃げ場、かくれ場があった。撮影は相変わらず、次から次へと休む間もなく続き、シナリオの字も半分くらいは自分で読めるようになったが、やはりカメラの前で「ウソっこ」の芝居をするのは何か気恥ずかしく、言葉には出せない抵抗があった。しかし、撮影所にいる方が、少なくとも二間限りの小さな家で養父や母の顔色をうかがってビクビクしているよりは気が楽であった。

私は子供のころは陰気で愛想のない子供だったと思うが、どういうわけか撮影所の人たちに可愛がられた。撮影が早く終わると、だれかが待ちかねたように子役部屋へ私を迎えに来て、銀座や横浜や浅草などへ連れて行ってくれた。

ある日は野村芳亭組のカメラマン・小田浜太郎であったり、ある日は「妻恋道中」や「旅笠道中《たびがさどうちゅう》」などの流行作詞家であった藤田まさとであったり、撮影所の顧問医師や大部屋の俳優であったりした。

「秀坊！」と声がかかると、私は母の手から「おじちゃん」や「お兄ちゃん」の手に渡って撮影所の門を出た。タクシーに乗り、さて今日はどこへ連れていってくれるのだろう？　私はモダンな銀座がいちばん好きだった。

銀座のコースはだいたい決まっていた。新橋のたもとで車を降りると、和菓子店「凮月《ふうげつ》堂《どう》」がある。私はそこで「ガラガラ」という玩具を買ってもらった。ガラガラは、ちょうど最中《もなか》の皮で出来た野球のボール大の玉で、その玉の中には様々の愛らしい玩具が仕込まれていて、玉を割る前に耳もとでゆするとガラガラと音のすることからガラガラと名づけられたのではないかと思う。五色一組で、紫色の網の袋に入っていたことまで私はハッキリ覚えている。

そのあと「天國《てんくに》」で天丼を食べたり、「モナミ」で食事をする。小さな日の丸の旗の立ったお子様ランチを付き合ってくれる「おじちゃん」や「お兄ちゃん」たちは、みんな私に優しく親切であった。食事が済むと帝国劇場にかけつけて洋画をみる。フランス映画「自由を我等に」「巴里祭《パリ》」、そして「制服の処女」などが今でも強く印象に残っている。

しかし、考えてみれば世の中にはよくよく物好きというか、子供好きな人がいるものだと不思議に思う。彼らは頼まれもしないのに他人の子供を連れ歩いて、子供には贅沢《ぜいたく》すぎるほどの散財をし、帰りにはまたまたタクシーで蒲田の私の家まで送ってくれるのである。ガラガラや、ケーキや、人形を胸に抱いて戻って来る私を、母はいつもいそいそと出迎えた。「どこへ行ったの?」「なにを食べたの?」「そして?」「それから?」と、鉄砲玉のように質問を浴びせ、私の答えに一喜一憂する母の瞳《ひとみ》は、まるで自分自身がその栄華を味わうように輝いていた。

松竹撮影所には相変わらず五十人ばかりの子役がいた。子役の大半は、その身なりから見ても、私たち母子よりは裕福であったろうし、我が子を一本の映画に出演させるためなら、万金を積むのもいとわない、という親の顔ばかりだった。男女両役のかけもち、公私ともにひっぱりダコの私の母は、依然としてそういう親たちの非難の的になっていたけれど、母は「自分の持ち駒《ごま》」にようやく自信を得たのか、かえって下手《したて》に下手にと出て、逆に相手を牽制《けんせい》するという巧妙な手を使い、私たち母子は、いつも子役部屋の隅っこで小さくなっていた。

そのころの母の唯一の楽しみといえば、私を通して「帝劇やモナミや天國に心を遊ばせるひととき」であったのかもしれない。ところが私の方は、横浜や銀座で遊ぶのも楽しかったけれど、もっと身近な子供の世界に魅力を感じはじめていた。それは近所にある駄菓子屋であった。駄菓子屋の四角いガラスの箱の中には、アンコ玉、芋ヨウカン、ニッケ、蜜《みつ》パン、カルメ焼き、などが並び、ビーズやおはじき、きびがら細工、メンコ、ベイゴマ、一銭くじなどが子供たちの人気を集めていた。しかし、母は断固として私に一銭二銭の買い食いを許さなかった。母は私と連れだって駄菓子屋へ行くと、店中を買い占めんばかりの勢いで、菓子や玩具を買いまくった。

買い食いの楽しみというものは、限られたおこづかいの中から、今日はいったい何を買おうか、と迷い抜くところにこそ醍醐味《だいごみ》があるので、ただバカスカむやみやたらと買ってもらってもうれしいというものではない。母の心には「ボロは下げても子供に一銭二銭の買い食いはさせない」という、親としての自負があったのか？　それとも母自身が出来なかった楽しみを、私に十二分に与えたつもりだったのか？　それとも母の心に根づいている貧乏人コンプレックスが、こんな時に虚栄や意地に形を変えて芽を吹き出したのか、私には今もって分からない。それにしても、相手が駄菓子屋では、なんとも冴《さ》えないことであった。

昭和九年。私が十歳の年を迎えたある朝、藤田まさとおじちゃんが自動車で迎えに来て、銀座数寄屋橋《すきやばし》のたもとにある塚本ビルの三階へ行った。三階には、現在の東宝映画の前身である「P・C・L」の事務所と「ポリドール・レコード」の事務所があった。

ポリドールでは、東海林太郎の「赤城の子守唄」の大ヒットを記念して、作詞家・藤田まさとの脚本、演出で、東海林太郎の時代劇を織り込んだ特別ショーを企画していた。そして、その子役の勘太郎には、藤田まさとが私を推薦したらしい。

「ところが、稽古に入ってみたら東海林は東北なまりのズウズウ弁、芝居は下手クソときて、箸にも棒にもかからない。仕方がないから、セリフは全部、秀坊一人で言うように脚本《ほん》を書き直しちゃったんだ」と今、藤田まさとは笑うのだが、私自身には何ひとつその芝居の記憶は残っていない。

第一、私の東海林太郎の第一印象といっても、「眼鏡をかけた背の高い人」というはなはだ希薄なものであった。塚本ビルでの稽古は二週間ほど続いたが、午前中の二時間そこそこであったから、稽古終了後は決まって銀座のオリンピックあたりで一同そろって昼食になった。私はいつも東海林太郎と藤田まさとの間に座っていた。いつの間にか東海林夫人も稽古場やレストランに顔を見せるようになり、ある日、藤田まさとは東海林夫妻から意外な相談を受けたのである。

「僕たちは秀坊が欲しくなった。なんとかして、僕たちの養女に貰えないだろうか?」

藤田まさとはビックリしたが、東海林夫妻の表情は冗談として聞き流すにはあまりにも真剣であったという。もちろん、当時十歳の私は、大人たちの間に私をめぐって私の運命をひねくるような話題が交わされていようとは、知るよしもなく、今日はカツレツ、明日はオムレツに舌鼓《したつづみ》を打っていた。そして、いよいよ日比谷公会堂での本番の日が近づいてきた。それは、私の人生の、本番のはじまる日でもあった。

母三人・父三人

幕が上がった。

青白い照明の中に黒々とした書き割りの山また山が浮き出し、中天に三日月のかかった舞台装置である。音楽が流れる。上手から、襷十字《たすき》に私を背負い、右手に白布で包んだ「勘助」の遺骨を抱えた、東海林太郎扮するところの「板割の浅太郎」が長ドス一本差した姿で颯爽《さつそう》と登場する。超満員の客席から潮騒《しおさい》のような拍手が起こる。

昔の流行歌手は、ほとんど音楽学校卒か、デビュー以前に、十分な勉強期間を経ていたから、現在《いま》のようにオニイチャンやオネエチャンのような若い歌手は少なく、したがって、ファンも、それ相応の大人のファンが多かった。東海林太郎も昭和九年にデビューした時、すでに三十六歳であったという。

板割の浅太郎がズウズウ弁ではどうにもサマにならないから、台本に書いてある台詞《せりふ》は全部、子役の私が代弁することになった。花道での私の長台詞が終わり、本舞台の中央まで進んだ浅太郎と勘太郎が、二言、三言の台詞を交わしたところへ、のちに中山晋平夫人となった「新橋喜代三《きよぞう》」が飲み屋の女に扮して「浅さん、待って――」と浅太郎を追って出る。浅太郎に愛想づかしをされた喜代三が涙ながらにひっこむと、音楽は一段と高くなり、「赤城の子守唄」の前奏にひきつがれていく。

「泣くな、よしよし、ねんねしな……」

東海林太郎が歌いだした。もうお芝居は終わりである。勘太郎の私に残された仕事はと言えば、浅太郎の背中で、ただ眠っているだけだったが、「私を背負って歌うのはさぞ重くて歌いにくいだろう、こうして寝てちゃ申しわけない」と思ったのか、私は背中からそっと両手をのばして、東海林太郎の胸を締めつけるおぶい紐を、息がしやすいようにと力一杯、前にひっぱっていたらしい。〝らしい〟というのはヘンだけれど、このことは後年、東海林太郎からその日の思い出話として聞かされて、初めて知ったことで、私にはそれらしい記憶も残っていない。しかし、このささいな「思いやり」を受けた彼はますます私を気に入ってしまったらしく、以来、夫人と二人で蒲田の私の家へ毎日のように通ってくるようになった。「私に会うために」である。

日比谷公会堂でのショーは好評を博し、その一カ月後に再び「有楽座」で上演された。「赤城の子守唄」に続いて「国境の町」「山は夕焼」「母をたずねて」などのヒット曲を出した彼は、それこそ席のあたたまるヒマもなく、ステージからステージへ、放送局から演奏旅行へと、文字通り殺人的なスケジュールに追いまわされていたが、その仕事のほんのわずかな時間をさいて、雨の日も風の日も、夫妻は揃って蒲田の私の家へ駆けつけ、私との短い時間を楽しんだ。夜の夜中に玄関の戸が叩かれ、東海林夫妻は私の寝顔を見ると、それだけで満足して帰って行ったともいう。当時の東海林家は新宿の下落合にあった。いくら自動車とはいえ、遠い蒲田までよくも通い続けたものだと私は思う。

東海林太郎の休日、そして私の撮影のない日には、必ず私は下落合の東海林家へ連れてゆかれた。細い路地の奥のこぢんまりとした家で、庭に大きな柿の木があったことをはっきりと覚えている。

東海林家には、和樹、玉樹、という、東海林太郎の先妻の男の子が二人いた。年は上が十歳で私と同年、下が八歳の玉ちゃんで、私たちはすぐ仲よしになった。仕事に追いまわされ、小学校へもロクに通えぬ私には学校友だちもなかったたし、たまに子役同士で遊ぶことがあっても、撮影の合間の、ほんの何分かの付き合いでしかなかったから、私にとってこの二人のボーイフレンドの出現は貴重な存在であり、東海林家へ遊びにゆくのは大きな楽しみとなった。蒲田と下落合の、行ったり来たりが半年ほど続くうちに、東海林夫妻と藤田まさと、藤田まさとと私の母との間には、私をめぐって何度かの話し合いが持たれていた。もちろん、私の母は藤田まさとを通して東海林家から「秀子を養女に」と言われた時は、考える余地もなく一言のもとに断ったらしい。なぜなら、私はもともと北海道函館から東京の母のもとへ養女に貰われてきた娘だし、今や一家の働き手でもあり、母の唯一の生き甲斐《がい》でもあった。しかし、東海林夫妻は諦めなかった。

「養女がダメなら、せめて女学校を卒業するまで、わが家に預からせて欲しい」

「ピアノと歌を仕込みたい」

「とにかく一緒に暮らしたい」

夫妻は、ねばりにねばり続けた。そのあまりの熱心さに、はじめは問題にもしていなかった母の心は、少しずつほだされていったらしい。といっても、彼女がやっと手に入れた一人娘の私を手放す気などあるはずはなかった。

秀子欲しさの一念は、数々の条件に変わっていった。藤田まさとが「そんなに一緒に暮らしたいなら親子三人とも引きとったらどうだ」という説となり、東海林夫妻の「母娘二人ならいいけれど、父親の出入りは差しとめる」説となり、すったもんだの末に、とうとう私と母の二人は、中ぶらりんの父親を蒲田の家へ残したまま、藤田まさとを仲人として、東海林家へ移り住むことになったのである。


東海林太郎の新居は大崎にあった。広い庭には築山《つきやま》と池があり、家は和風の二階建てで薄暗い廊下のつき当たりに土蔵があった。私に与えられた部屋は日当たりのよい六畳間で私のための勉強机や整理ダンスなどが手まわしよくすでに用意されていた。

和ちゃん、玉ちゃん、の二人の男の子は、私と母の闖入《ちんにゅう》にすっかり興奮して、何が何やら分からないまま、私の荷物を運んだり、学用品を出して並べたり、親切を見せてちょこまかと走りまわっていた。ところが、母の荷物だけは別のところへ運ばれていた。そこは女中部屋であった。

「あらあら?」と思ったとたんに、私は東海林夫妻に呼びとめられ、奥座敷へと連れてゆかれた。夫妻の前に座ると、二人は私をみつめ、にこやかに笑いながら言った。

「秀坊は今日からうちの子になったんだよ。だから僕たちを、お父さん、お母さん、と呼ぶんだよ」

さあ大変、ややこしいことになってきた。私は今まで養父母を「とうさん、かあさん」と呼んでいたから、なんとか区別はつくというものの、実の父と、養父と東海林太郎、そして実父の後妻と、養母と東海林太郎夫人ときては、私には「父三人」、「母三人」という、六人の親が入り乱れて存在し、どちらを向いても「親だらけ」になってしまったのである。

私はそれまで、いつも母と一緒に枕を並べて寝ていた。しかし、今日から様子が変わって来た。母もそれは、どうやら納得しているらしい。「私は今晩から一人きりで寝なくてはならないらしい」と思うと、急に心細くなった。が、その心配は無用であった。なぜなら、夕食が終わって風呂に入り、パジャマに着替えた私は、自分の枕を抱えて、奥の座敷へ行くことになったからである。そして、新しく私のお父さん、お母さんになった東海林夫妻の奪い合いの果てに、私は以後、毎晩、お父さんかお母さんの、どちらかの布団に入って眠るのであった。不思議なことである。私はそうした大人の世界に、なんの関心もなかったけれど、どこかで、何かがくい違っていると、ひそかに心の底では感じていた。

東海林お父さんの寝室は二階にあり、お母さんの寝室は階下だったから、私は枕を抱えたまま、どっちへ行ったら良いのか階段の途中でウロウロしたこともあった。私はゴツゴツしたお父さんと寝るよりは、お母さんと一緒の方が嬉しかった。お母さんはそのころ珍しい断髪で、お化粧っ気もなく、いつも和服のエリをきっちり合わせた静かな人で、趣味は香水のコレクションだったから、部屋の中はいつもいい匂いがしていた。お父さんと寝る時は、二人で一刻ふざけたり、時には面白い話もしてくれて、私はいつとはなしに眠ったけれど、お母さんは一緒に寝ていても身じろぎひとつせず、夜中にふっと私が目を開くと、いつも私の顔をじっとみつめていて微笑《ほほえ》んだ。私はそんな時、「かあさんはどうしているかな?」と、女中部屋で寝ている母を思った。お父さんが演奏旅行で留守の時を見はからって、私は時々、お母さんの布団をぬけ出し、女中部屋へ忍び込んでかあさんの布団にもぐり込んだ。が、不意に帰ったお父さんが早速現れて、「秀坊! こっちへおいで」と、寝ぼけている私を母からひっぺがすようにして抱き上げ、さっさと二階の寝室へ上がってゆくのだった。

私は蒲田から大崎の小学校へ転校し、母は毎朝六時起きで和ちゃん、玉ちゃん、私、の三人分のお弁当を作って学校へ送り出してくれた。三人が帰って来ればすぐに弁当箱を洗い、総勢八人のご飯を炊き、おかずを作る。私たち、つまり、お父さんとお母さん、和ちゃん、玉ちゃん、私の五人が食卓を囲む時、かあさんは小さなお盆を膝にしておひつの前に控えていた。いつの間にか、かあさんは東海林家の女中に、私は東海林家のお嬢さんになっていたのである。

和樹、玉樹の二人は腕白な男の子だから、毎日泥だらけになって帰って来る。半ズボンから傷だらけの膝をムキ出しにしてセカセカとご飯を食べる。その二人の顔に、お父さんとお母さんの厳しいしつけの言葉が毎日のように飛んだ。

「玉ちゃん！　御飯はもっと静かに食べなさい」「なんていうお箸の持ち方をするんです！」「お蔵へ入れますよ！」

そういう言葉を聞くたびに、私の心は縮み上がった。が、どんなにお行儀《ぎょうぎ》の悪いことをしても、私は一言の注意も受けなかったばかりでなく、東海林夫妻の目はいつも慈愛をたたえて笑っていた。私にとっては、かえってその目が恐ろしかったのである。

母はいつも女中と二人で、立ち食いさながらに、台所で食事をしていた。おかずは残った味噌汁とつけものなどで、そんな光景を見るたびに私の心は痛んだ。やがて、どういうわけか若い女中が居なくなった。私の母は一人で、広い家の掃除、洗濯、アイロンかけ、食事の支度、和ちゃん、玉ちゃんの風呂の世話から繕いものまで、と完全な東海林家の女中になった。太った体に白い割烹着《かっぽうぎ》をつけ、一日中、転がるようにしてフウフウ荒い息を吐きながら家中を駆けまわっている母を、私は私で「三時のおやつ」に貰ったケーキやクッキーの一片を服のポケットにかくし持って追いかけた。雑巾がけをしている母の口へ、山のような洗濯物を洗っている母の口へ、私は無理やりに「おやつ」の一片を押しこんだ。

それが、母子二人の唯一の会話であった。いま考えてみても、母一人であの広い家をとりしきるのは無理というものだった。東海林夫妻は故意に若い女中にヒマを出し、母の仕事を忙しくして私との仲を薄くしようとしたのか？　あるいは、私を残して母が一人出てゆくのを願っていたのか。あるいはまた、私への恩を、母は自分一人の労働で返そうとしていたのであろうか。それを聞こうにも、お父さんもお母さんも最早この世の人ではなく、ヘルペスで脳を冒された母の記憶も定かではない。

和樹と玉樹の二人は、私だけが特別に可愛がられても一向に頓着《とんちゃく》せず、男の子らしく無邪気に家中を走りまわっていた。和ちゃんは兄さんらしく少しは落ち着いていたが、玉ちゃんは少々オッチョコチョイで、おねしょはするし、おでこにタンコブ、膝小僧はいつもすりむいて赤チン、ヨーチンだらけ、足の裏はまっ黒けのけ、優雅で上品な子供とは義理にも言えなかった。それが、人一倍、綺麗《きれい》好きで神経質なお母さんには耐えられなかったのだろう、バタバタと廊下を走る玉ちゃんの足音が聞こえるたびに、美しい額にキッとシワが寄った。

子供たち三人はよくデパートに連れて行ってもらったが、お母さんは私の肩を抱き、私の手を引いてはくれても、二人の男の子と並んで歩くのは好まなかった。私はいつも心の中でハラハラしては、後ろを振り返り、和ちゃん玉ちゃんの追ってくる姿を確かめたものだった。玉ちゃんはわざと酔っぱらいのようにグデングデンと体をゆすって歩き、私に向かって舌を出したりしてはおどけて見せた。私はそんな玉ちゃんを見るたびになんとなくホッとし、気持ちが救われるような気がした。

お母さんは月に一度、必ず私を宝塚少女歌劇の見物に連れて行ってくれた。そして、何を思ったのか、ある日突然、宝塚の生徒たちを家へ呼びよせると、私に社交ダンスを教えはじめた。レコードの音楽に合わせて「イチ、ニイ、イチ、ニイ」とダンスのレッスンに興ずる私を、お母さんは椅子に腰かけて楽しそうに見つめていた。十歳の少女に社交ダンスを仕込んで、外国のように社交界にでも出すつもりだったのか？　いま思えば、私に対する愛着は、お父さんよりもお母さんのほうが、はるかに強かったような気がする。お母さんと東海林太郎との間には子供がなかった。玉ちゃん、和ちゃんは先妻の子である。お母さんは実子を産めない寂しさを、先妻の子供ではない私という、全く血のつながらない子供を可愛がることによって補おうとしたのだろうか。それとも女の心の奥深く、業《ごう》とでも言うべき愛憎の葛藤《かっとう》が、玉ちゃん、和ちゃん、私をめぐって、お母さんの心にうずまいていたのだろうか。

夜のお伽《とぎ》が二階《うえ》になるか階下《した》になるかで、お父さんとお母さんは、毎夜のようにちょっとした小ぜりあいを起こしたが、昼間もまた、私のためにモメることが多かった。それは決まって私の取り合いだった。

「今日は僕が秀坊を映画に連れてゆくよ」

「いいえ、私が今、秀ちゃんを連れて三越へ買い物に行こうと思ってたのよ。ねえ、秀ちゃん」

といったたぐいのもので、私はそんな時、外出用の洋服に帽子をかぶったまま、お父さんの顔も、お母さんの顔も見ず、あらぬ方を向いたまま当惑していた。洋服といえば、私の服装は頭のテッペンから足の先まで、東海林太郎好みのグリーン一色で統一されていた。グリーンの帽子にグリーンのセーター、グリーンのスカート。靴はワシントン靴店の特別注文で、お父さんとおそろいにグリーンのエナメルと蛇皮のコンビネーション。子供ながらにもビックリするような贅沢品であった。

お父さんもお母さんも、私の母との約束「歌とピアノをみっちり仕込む」ことなどケロリと忘れてしまったのか、ただ私を人形のように飾って連れて歩くことに夢中のようだった。

当時のマスコミは、現在《いま》のように騒々しくはなかったが、それでも新聞や雑誌の見出しには「東海林太郎が高峰秀子を養女にした」と、あらぬ記事が面白おかしく、もっともらしく、太字で報じられた。たまたま、東海林太郎より、子役としての私の知名度のほうがちょっぴり高かったので、中には「子役を養女にするとは、うまい宣伝だ」などという中傷や扇情的な記事もあった。お父さんの「私を養女にしたい」という真意がどこにあったのか、私には知るべくもないが、もし仮に、その記事が正しいとするならば、お父さんは初めから、私をアクセサリーとして可愛がり、「歌やピアノを教えること」など問題外であったのだろうか。

どういうわけか東海林家にいた二年間ほどは、私の仕事はまるでエアポケットに入ったように少なく、母と二人で撮影所へゆく日もほとんどなかった。ということは、それだけ待望の小学校へ行けるはずだったのに、秀坊可愛さのお父さんは、とうとう演奏旅行にまで私を連れてゆくようになってしまったのである。

演奏旅行は十日間くらいの予定で、たいてい一カ所に二日くらいで、三カ所か四カ所を回った。一行は、十人ほどのバンドマン、マネージャー、司会者。それに歌手の東海林太郎、藤山一郎、小唄勝太郎、市丸、新橋喜代三、など、それに付き人まで入れると総勢三十人からの大所帯であった。旅行中は、お母さんというライバルもいないから、お父さんはすっかり私を独占し、それこそ起きるから寝るまで、片時も私を離さなかった。楽屋で黒のタキシードを着けたお父さんは、スッキリとしてだれよりも立派であった。私はお父さんと一緒に手をつないで、舞台の袖までついてゆく。

司会者が、曲目と東海林太郎の紹介をする。嵐のような拍手に迎えられて、お父さんが舞台へ出てゆく。光が交錯する。私はお父さんが歌い終わって、また戻って来るまで、黒いビロードのカーテンの陰に立ってお父さんの帰りを待つのが習慣になった。「国境の町」が終わり、「赤城の子守唄」に歓声が上がり、「旅笠道中」の前奏がはじまった。お父さんは背中をしゃんと立て、正面を見たきり微動だにしない。私もいつか、お父さんと同じように背中をしゃんと伸ばし、目はお父さんの横顔に食いついたまま、しかし心は闇《やみ》の中の自分をみつめていた。

〽夜が冷たい　心が寒い
　渡り鳥かよ　俺等《おいら》の旅は

耳にタコが出来るほどに聞きなれ、歌詞もすっかり暗記してしまった「旅笠道中」のメロディーを追いながら、たった今も東海林家の台所でクルクルと働いているだろう太った「かあさん」を思い、私という存在の、なんという不思議なことよ、そしてまた、私と母の、縁あって非情な日々を、ぼんやり思い起こしていた。

ふたつの別れ

東海林家の朝。

二階の寝室から下りて来たお父さんと、階下でキチンと身支度を整えて待っていたお母さんは、「おはよう」と朝の挨拶を交わした後、すぐにピアノのある部屋へ入る。お母さんがピアノのキーを叩き、お父さんが、一時間ほど、びっしょりと汗をかくような発声の練習をする。それが日課であった。一見して芸術家タイプのお母さんは、普通の主婦のように台所仕事や掃除、洗濯などは一切せず、家にいても、たいてい自分の部屋に閉じこもっていた。

当時の私には、終日、なんにもしない不思議なお母さんに思えたけれど、いま考えてみると、病身であったお母さんが「朝のレッスン」に費やす猛烈なエネルギーは、彼女にとって大きな負担となり、それだけでくたびれ果ててしまったのかもしれない。それほど、朝のレッスンは真剣で厳格なものであった。同じ音階やメロディーが、何回も何回もくり返された。音楽のレッスンに限って言えば、どうやらお母さんのほうが、お父さんよりもはるかに先生であったらしい。そしてお父さんも、この時だけは、お母さん先生に忠実な生徒であった。

東海林太郎は、好むと好まざるとにかかわらず、一生を「流行歌手」と呼ばれ続けて死んでしまったけれど、彼の声楽家としての態度と精進は、私たちが今、いわゆる「流行歌手」として考えるイメージとははるかに遠い存在であった。常に冷静で真摯《しんし》な、芸術家の雰囲気がお父さんとお母さんの間には感じられた。

お父さんは、満鉄時代に上野音楽学校出身のお母さんと大連で結婚した。当時、お父さんは満鉄の図書館長をしていたけれど、生来好きなクラシックの歌手で、いつの日か身を立てたいと思っていた。音楽が、お父さんとお母さんを結びつけ、お父さんの歌への執心は、さらに燃え上がった。希望はあくまでも「流行歌手」になるのではなく、テノールのオペラ歌手が目標であった。その秘めたる想いは、終生、彼の胸中深くモヤモヤとくすぶり、いぶり、蛇の舌のようにチョロチョロと燃えつづけていたに違いないと私は思っている。

そうした想いが、直立不動の姿勢となり、タキシードとなり、一世を風靡した流行歌手でありながら、スキャンダルひとつ流さなかった彼の真骨頂ではなかっただろうか。とは言っても、お父さんは稚気《ちき》の人でもあった。晩酌で酔っ払うと、和ちゃん、玉ちゃん、そして私の三人の前で得意のサカダチを披露して、私たちを笑わせた。勿論、お父さんのレッスンの時間には、和ちゃんも私も、やんちゃな玉ちゃんでさえ鳴りをひそめて台所のあたりをウロウロ、ヒソヒソと歩いていた。

私は、お父さんにもお母さんにも徹底的に可愛がられた。私は二人の玩具だった。私が可愛がられれば可愛がられるほど、和ちゃん、玉ちゃんは影の薄い存在になっていった。玉ちゃんのイタズラが過ぎると、お母さんは容赦なく、悲鳴をあげる玉ちゃんを引きずって薄暗い廊下を走り、玉ちゃんを土蔵に押し込むと、ガチャンと大きな錠を下ろした。

土蔵の中から、玉ちゃんの泣きわめく声が聞こえるたびに、私の胸は動悸《どうき》し、ふるえ、私はあわてて台所にいる「かあさん」に助けを求め、かあさんが「お母さん」に平謝りに謝って、玉ちゃんはやっと「かあさんに免じて」土蔵から出されるのが常であった。和ちゃん、玉ちゃんの心は、次第にお母さんから離れていった。そして二人は、転んだり喧嘩して、膝や手足をすりむいても、もう「奥」へは行かず、台所を這いまわっている私の「かあさん」にしがみつくようになってしまった。

大連時代に生母と別れ、後妻に来た東海林夫人の手から、さらに私の母の胸に飛びこんできた「二人の男の子」を母は不憫《ふびん》に思い、使いに出る時も、私を置いて、二人の男の子を連れて出るようになった。

いったい、誰が誰の子で、誰が誰の親なのか……。私は、かあさんにしがみついて甘えている玉ちゃんや和ちゃんにやきもちを焼き、隙《すき》をみては、かあさんをかばうので、今度はお母さんが私にやきもちを焼き、家の中は、まんじともえと、こんがらがり、一触即発という険悪な空気がただよいはじめた。

そんな時、突然、北海道の祖父のもとにいた私の長兄・実《みのる》が、私たちを頼って上京して来た。兄といっても、私は四歳の時に別れたきりで、その後一度も会ったことはないから、兄妹とは名ばかりで、特別な親しみは感じなかった。

しかし母は、実の処遇に窮したらしい。北海道に帰れとも言えず、東海林家の書生に使って欲しいとゴリ押しに頼みこんだ。実は、土蔵のとなりの電灯もない三畳の板の間にゴザを敷き、何処から拾って来たのか、気味の悪い頭蓋骨《ずがいこつ》などを飾って机に向かい、夜は夜学へ通い、昼間は東海林家の愛犬、シェパードとドーベルマンの散歩を引き受け、庭の掃除や風呂焚《た》きなどを手伝っていた。

実は、北海道の山の中から出て来た熊のようなものであった。女子供のモメごとや騒ぎなどには馬耳東風《ばじとうふう》といった態度で、なにがあっても口出しはせず、近眼鏡の奥で眼をショボつかせているばかり。褌《ふんどし》ひとつで、毛むくじゃらの足やお尻をムキ出しにして、のんびりと庭の池さらいなどをしている。「これが私の兄貴だろうか？」と、私はあまりのカッコ悪さにゲンナリした。後年、私は、この一見ボンクラ兄貴に、それこそ尻の毛まで抜かれるほどの被害をこうむり、キリキリ舞いをさせられるのだから、人間、何処に、どんな才能が隠されているか知れたものではない。

母は、その年、三十三歳の厄年であった。

若い女中が居なくなってからは、東海林家の家事一切が母の肩にかかり、おまけに私が撮影所へ行くときには付き添いもしなければならず、蒲田の家に残してきた養父のことも気がかりで、たまには様子を見にゆかなければならず、母にとっては事実、苦労の年であった。

私は、私の父を生涯不運な星の下に生まれついた男と書いた。そして今、ここに母もまた、汗と涙で一生懸命働きながら、ついに女の幸せをつかみ得なかった哀れで孤独な、それ故に、意固地でかたくなな女と書かなければならない。

蒲田の家の押し入れの中に、女物の寝間着と枕を発見した瞬間に、母の心は完全に養父から離れた。勝ち気な母は、男から「捨てられる」より、「捨てる」ほうを選んだのである。養父との縁はプッツリと切れた。私は、意固地でかたくなで、勝ち気な母と書いたが、当時の母は涙もろく、情には厚く、一旦信用したら、どこまでも肩を入れ、荷をかつぎ、労をいとわない女であった。

その代わり、反動も恐ろしい。裏切りや嘘にはきびしかった。しかし、その裏切りや嘘を見分ける能力に欠けていたから、彼女の人生はトンチンカンで、チンドン屋のように、右に歩き、左に歩き、今日に至るまで真っすぐ目的地に行った例《ためし》がない。

父と別れ、東海林家の完全なる女中さんになった母の「生きがい」は、いよいよ私一人にかけられた。「自分さえ我慢すれば、秀子が女学校に通え、ピアノと歌を身につけることが出来る」と、母は信じた。しかし、私が実際にお母さんからピアノのレッスンを受けたのは、ほんの二、三回で、発声はたったの一度きりであった。後年、テレビのある番組でお父さんと顔を合わせた時、お父さんはふっとこんなことを言った。

「あのころの秀坊は声変わりの年だったからね、歌を教えてあげられなかったんだよ」

男の子の声変わりは聞いたことがあるけれど、女にも声変わりの年があるのだろうか？もしもそれが本当なら、あの時、一言でいいから、それを母に説明してやって欲しかった、と私は思った。母はそれだけを楽しみに毎日、コマネズミのように働いていた。秀坊に歌を教える、学校へ通わせるという東海林夫妻の約束に母は賭《か》け、養父とさえ別れてしまったのである。母は、何カ月経っても歌ひとつ教わらぬ私に、内心しびれを切らしていたに違いない。

「お前が女学校を卒業するまでに、ピアノと歌をみっちり仕込んでもらう。もちろん私とあんたが、その間、食べさせてもらうという約束だったから、私はそのお礼として、月給なしで女中代わりに働いたのさ。でもね、東海林家へ行ってからも、〝秀坊をくれ、秀坊をくれ〟としょっちゅう言われて、母さんは、いつ、どんな時に一人で追い出されるかと思って、ビクビク、ビクビクしていたものだったよ。母さんは東海林家からお給金は貰わなかったけど、あんたが松竹から月給を貰っていたからね、ドーランを買ったり、蒲田への往復の切符を買った残りのお金で、私の下着やエプロンくらいは買えたし、お小遣いだってちょっとくらいはあったさ」

私は、今はじめて母の口から聞く当時のいきさつに耳をかたむけながら、たとえ子供で何もわからなかったとは言え、私という人間一匹が巻き起こした砂あらしに、眼をつぶし、口をおおわれ、傷ついた人が何人いるだろうかと指を折り、今更ながら背すじに冷たい汗が流れる。

私たち母娘が東海林家にいた間、母は一週間に一度、仲人である藤田まさとに現状を報告していたらしい。東海林夫妻の溺愛《できあい》は頂上にまでのぼりつめ、お父さんとお母さんと私の三人の食事は、茶の間ではなく二階へ運ばれるようになり、和樹、玉樹の食事は階下で、ということになった。

「その報告を聞いた時ばかりは、僕もさすがに驚いて、これは大変なことになった、と思って心配したよ」

藤田まさとは憮然《ぶぜん》とした面持ちで、今も言うのである。

あれは……たしか東海林家に入って一年半ばかり過ぎた暮れのことだった。母が珍しく私を女中部屋に呼び込み、「お母さんが、私のお正月用にと買って下さったんだよ」と、心底うれしそうな顔で、私の眼の前にサラリと反物《たんもの》を広げた。

忘れもしない。黒地に細いたて縞《じま》で、縞の間に小さな赤い絣《かすり》がとんでいる模様だった。その時の私は、子供心にもあっちに気兼ね、こっちに気兼ねで、自分自身は何処に身を置いたらいいのかわからないような、不安で、異常にたかぶった精神状態だったのかもしれない。やにわにその反物をひっつかむと、そのままお母さんの部屋へとびこんで叫んだ。

「こんな赤い色キライ！　こんな着物かあさんに似合わない！」

私の口調があまりにも激しく真剣だったのか、さすがにお母さんの顔色がサッと変わり
「生意気言いなさんな！」と私を見すえた。私のあとを追ってきた母は、「秀子、お母さんに謝りなさい、謝りなさい！」と、私の頭をこづいたが、私はきかなかった。私は、ただ訳もなくこみ上げる涙をそのままに、「かあさん、この家を出よう。出よう！　出よう！」と、大声で叫び続けた。

それっきり――。私たち母娘は、実を東海林家に残したまま、東海林夫妻と訣別《けつべつ》したのである。私は十一歳であった。

思えば、東海林家とかかわりあった二年余は、まるで夢のように「ふしぎな日々」だった。蒲田の小さな借家に押し入って来て、他人《ひと》の子供を略奪同然に奪い取った東海林夫妻の、あの私への愛と情熱は、いったい何だったのだろう。事実は、世間の常識をはるかに

越えている。異常であるとさえ言える。芸術家らしいロマンチックなアバンチュールだったのか。他になんらかの目的があったとは考えられない。しかし、それまでドブ板踏みならしていた私たち母娘と東海林一家は、水と油の関係のままに終わった。どちらが良いでも悪いでもない。川の流れのように流れた日々である。私の一生の中で垣間見た"なつかしい夢〟〝貴重な経験〟として、私の心にいつまでもとどめておきたい想い出である。

戦後二十余年、テレビが「ようやく飽和状態になったな」と私が思い始めたころ、東海林太郎は突如として、あの懐かしい「赤城の子守唄」をひっさげて再び登場した。いわゆる「ナツメロ」、懐かしのメロディーという番組であった。ブラウン管の中に、久しぶりに「お父さん」の顔を見いだした時、私はハッと胸《むね》を突《と》かれる思いで眼をみはった。七三に分けた髪は白くなり、声にも昔のような艶はなく、お得意のビブラートもかすれがちであった。

が、なによりも私を驚かせたのは、昔と同じ相も変わらぬタキシードと直立不動の姿勢の中に、一日として消えることのなかった東海林太郎の「声楽家」への執念が躍如として波うっているのを見たからである。今から四十年も前の、大崎の東海林家の、あの厳粛ともいえる朝の発声練習の光景が、ブラウン管の中の「お父さん」の上にダブって見えて、私の胸は熱くなった。

数ある芸能人の中で、東海林太郎の死ほど、マスコミに大きく取りあげられた例はないだろう。どの記事も、彼が偉大な歌手であったかどうか、ということよりも、彼の礼儀正しい、直立不動の姿勢を「ナツメロ」の象徴として、ほとんど神格化して報道していた。

彼の死は、その死を惜しむオールドファンにとって、「一人の好感の持てる歌手を失った」以上に、その背景にある、「古き、よき時代への郷愁」の中にあったのではないだろうか。

戦後のドサクサの中で、東海林太郎の歌手としての生命は一度死んだ。しかし、彼は再び生き返った。彼が直立不動の姿勢でステージに立つ時、彼の背中には確かにナツメロの時代背景が見えた。年老いた人々は、彼の背中に自分の青春を見た。東海林太郎は彼の一生を通じて、決して時代におもねようともせず、その態度はほとんど傲慢《ごうまん》でさえあった。その彼を、時代は、ある時は追いかけ、ある時は捨て去り、そして再び寄り添って来た時、彼は死んだ。

それが人生と言ってしまえばそれだけのことかもしれないけれど、何か、やりきれないような「むなしさ」が、同じ芸能界に住む私の喉《のど》もとに突き上げてくる。これは四十余年間、いやおうもなく「役者稼業」をしてきた私一人のセンチメンタルな感想なのだろうか。私にはわからない。

ともあれ「あなた」「静さん」と呼び交わしていた、よき伴侶《はんりょ》であった夫人を見送ったあと、自身も何度か病床につき、ガンと闘い、時代と闘い、歌と闘いながら七十余歳のその日まで、東海林太郎の信念ともいえる「タキシードと不動の姿勢」を一度として崩すことなくその生命を終えた彼を、私はやはり見事な人間であったと今でも尊敬している。

私の「三人の父」は、三人とも、もう居ない。四歳で別れた実父はやはりガンで亡くなり、顔もよく覚えぬうちに離別した養父も、私の知らぬうちに他界したと聞いた。私が「お父さん」と呼び、抱かれて、甘えて、可愛がってもらい、肌で感じた「父」の想い出は、東海林太郎一人であった。

東海林太郎は〝ナツメロ〟と一緒に死に、ナツメロもまた、東海林太郎を最後として死んだ。そして……私の「お父さん」も死んだ。

「泣くな、よしよし、ねんねしな……」という「赤城の子守唄」は、東海林太郎の美声と「古き、よき時代」への回帰となって人々の心に残り、やがていつか、忘れられてゆくだろう。

「秀坊、お父さんのところへおいで」という、秋田なまりのお父さんの優しい声が、また、どこからともなく忍びよってきそうで、私は小さな枕を胸に、二階への階段を「ヨイショ、ヨイショ」と言いながら上ってゆかなければならないような衝動にかられるのである。

高峰秀子　第二章　ちょっといい話

ダイヤモンド

昭和二十三年のある日の午後、私は成城の自宅で一個のダイヤモンドを瞠《みつ》めていた。キリッとしたエメラルドカットのダイヤモンドが放つ七彩の光に圧倒されて、私の胸はときめいた。男性は、優れた日本刀に本能的に心ひかれるというけれど、女性がダイヤモンドに魅せられる感覚と、どこか似ているような気がする。

敗戦間もない当時の日本は、てんやわんやの大混乱の中にいた。税制が変わって、もと宮様も大財閥も財産税の支払いで大混乱の最中だったのか、私の家には、もとナニナニサマの持ち物という触れこみで、銀製の食器やら金銀細工の置物やら、宝石類の売りものが続々と持ちこまれた。その中から、山椒は小粒でもピリリ、という感じでピカリと現れたのがくだんの角ダイヤであった。

三カラット、百二十万円、という値段が高いのか安いのか私には分からなかったけれど、私は即金でその石を買った。私はその石を指輪に仕立てて自分を飾ろう、とか、人にみせびらかそう、とは毛頭考えなかった。日夜、撮影所での重労働と、養母との泥沼のような葛藤《かっとう》に疲れ果て、メタメタになっていた私は、疲れた時、悲しい時に、一人でこの美しい石を眺め、この石と遊び、この石から夢を貰おう、と思ったのである。

ところが、結果は裏目に出た。「優れた宝石には魔が宿る」というけれど、吉を買った筈《はず》のダイヤモンドはとんでもない凶を私の家に持ち込んで来たらしい。ダイヤモンドを買った翌朝、撮影所へ行くために玄関に出た私に、母はいきなり大きな肘掛け椅子を投げつけた。不意をくらって尻もちをついた私の上に、母の怒声が落ちて来た。

「親の私がダイヤをはめるなら話は分かる……娘の分際でお前は！　買ったダイヤを持って来い！」

母の眼尻は吊り上がり、身体は怒りでブルブルと震えていた。母は足袋はだしで三和土《たたき》に飛び降りて私に摑みかかった。私は転がるように玄関から逃げ出し、撮影所への道を走りながら、心の中で叫んだ。

「あんな奴に、あの美しい石をやるもんか！　ダイヤが欲しけりゃ勝手に買って、十本の指にはめるがいい！」

けれど、いま考えてみると、あの時の母の怒りは分からないでもない。母の怒りは悲しみの裏がえしだったのだ。それまで私は、母が財布に入れてくれる小遣い以外に、自分の金を使ったことがなかった。それが突然、「百二十万円」という大金を、アッという間に使ってしまったのである。「自分が稼いだ金で何を買おうが私の勝手だ」という、私の暗黙の言葉を、母は敏感に嗅ぎつけ、私がもはや「子供ではなくなった」ことを認識すると同時に、一人娘に置きざりにされた孤独な自分が淋しかったにちがいない。とにかく、長年、薄氷を踏むような母娘関係を続けてきた二人を決定的に決裂させたのは、美しく高価な一粒のダイヤモンドだった。

昭和三十年、私は結婚した。二人とも貧乏で、仲人から借金をしてやっと結婚式をあげたほどだったが、記者会見の席上で彼は「土方をしてでも彼女を養います」などとカッコのいい大見得《おおみえ》を切った。それなら結婚指輪くらいは買って頂くのが当然である。彼はどこでどう工面したのか、ケシ粒ほどのダイヤがポチポチと並んだ結婚指輪で私の指を飾ってくれた。

二年経ち、三年経ったころ、彼はケシ粒くらいのダイヤを米粒ほどのダイヤに買い替えてくれた。五年経ち、十年経って、米粒は小豆《あずき》粒になり、私は、夫の歴史が刻まれた結婚指輪を大切にしていた。いたというのはヘンだが、私はその指輪を、ある時、ある場所の、とんでもないところへ落っことしてしまったのである。ある時というのは昭和四十七年の四月で、ある場所というのは空の上で、とんでもないところというのは飛行機の洗面所のウンコ溜め、である。

そのとき私は、大切な婚約指輪と結婚指輪のふたつを洗面台の奥のほうに置いて手を洗っていた。

「オ、ゆれたな」と思ったとたん、二個の指輪はピョンピョコピョンとジャンプして、アレ！　という間にポチャンとウンコ溜めの中へ消えてしまったのである。私は呆然となったが、なんせ「夫の執念のかたまり」の指輪である。私はションボリとしてパーサーに打ちあけた。パーサーは「ウーン」と唸って天井を睨《にら》み、なぜかバケツと大量のオシボリとビニールを持って洗面所へ消えた。

二十分も経った頃、洗面所の扉が開いた。ニッコリと顔を出したパーサーの指先に、二個の指輪が入ったビニールの袋がゆれていた。ウンコ溜めをくぐってきた二個の指輪は、いまも並んで私の薬指に光っている。いよいよ、夫と私は臭い仲になった、というわけである。

日本国にダイヤモンドがお目見えしたのは明治三年ごろという。尾崎紅葉の代表作といわれる「金色夜叉《こんじきやしゃ》」は明治三十年に書かれたが、貫一と宮の仲を引き裂く「悪魔の先達《せんだつ》」に、二カラット三百円の金剛石《ダイヤモンド》が登場している。

当時の米価は一升十銭であった。現在今日の米価は内地米で一升七百円、ダイヤモンドは一カラット五百八十万円ということだけれど、最高の品ならもっと高価な筈である。宝石の値段ばかりは、一カラットが五百万円だから二カラットで一千万円という単純なものではない。

カラット数が大きくなるほど希少性が増すために、その値段も飛躍的にハネ上がる。あたりまえなのかもしれないけれど、どこか理不尽な気もする話である。日本の既婚婦人の八〇パーセントは婚約指輪を持っていて、その半数以上がダイヤモンドだということだが、ウンコの洗礼を受けた指輪を持っているのは、たぶん、私一人だろう。

縫いぐるみのラドン

昭和三十三年の十月、私たち夫婦はヴェニスの映画祭に出席したあと、パリはマドレーヌ寺院に近いホテルに落ちついて、のんびりとした休暇を楽しんでいた。そのホテルに二組の珍客が転がりこんで来た。新派の名女形、花柳章太郎丈《じょう》夫妻と、日本画の重鎮、伊東深水《しんすい》先生とその令息の万燿《まんよう》氏の四名だった。

花柳先生とは、私が八歳の子役のときに「明治座」で共演？　して以来の長いおつきあいだったし、私たち夫婦がヴェニスへ出発する前に「俺たちも追っかけてパリへ行くよ、よろしく頼むぜ」と言われていたから驚きもしなかった。が、二人が突然四人に増えていたのにはビックリした。私たち夫婦は、伊東先生、万燿氏とは初対面であった。

四人組の出現で、身辺にわかに忙しくなった私たちは、フランス語の字引と首っぴきでガイドよろしく走りまわった。食事の注文、オペラや劇場の切符の手配、ハイヤーの予約、等々で、ゆっくり座っているヒマもない。

一番困ったのは、

「今夜はぜひともカレーライスと願いたい」

「いや、生ガキと魚のフライのほうがいいな」

などと、食事の意見が分かれることで、食事のメニューばかりはいったん言い出したら最後、お互いに頑《がん》として説を曲げるということがない。つきそいの私たちはしかたなく二手に別れて食事におもむいた、ということもあった。

一通りのパリ見物が終わったあと、花柳先生はエマイユの工房とやらにせっせと通いはじめ、伊東先生は画材を背負いこんだ万燿氏をしたがえてスケッチ三昧と御満悦だった。

書生と小間使いよろしく両巨頭の雑用に追われっ放しの私たちは、ついにアタマにきて、花柳先生を怪獣「ゴジラ」、伊東先生を「ラドン」と名づけてうさを晴らすことにした。

新派の御大《おんたい》、花柳ゴジラは、なにごとにもオットリ、スローモーな伊東ラドンとはちがって、わがまま一杯に育ったオキャンな下町娘のような人である。劇場の楽屋では、番頭さんをはじめ十人余りのお弟子さんや部屋子に手とり足とりされて、気随《きずい》気儘《きまま》な関白様だから、人をコキ使っているという意識などテンから無い無邪気な性格の持ち主である。

生まれてはじめての、御夫婦二人きりの外国旅行だから、なにかと不安なのは当然かもしれないが、「ホテルの部屋はネ、善チャンたちと同じ階で、それもお隣じゃなきゃイヤだぜ」とのことだったので、二間続きの部屋にしたのはいいけれど、花柳ゴジラが間仕切りのドアを一杯に開け放ってしまったから、まるで二組の夫婦が一部屋に同居しているような案配になった。

私たち夫婦は新婚夫婦でもないから、覗かれては困るということもないが、風呂上がりの裸でウロウロしたり、ベッドの上にアグラをかいて財布をぶちまけて、（すべてワリカンだから計算が大変なのダ）金勘定をしたり、というところを見られるのはやはりカッコが悪い。第一、いつなんどき「オーイ、善チャーン」「秀チャーン、来とくれよオ」と、お声が掛かるか分からないから、一日中ソワソワして気分が落ちつかないことおびただしい。

「オーイ、秀チャーン、頼むよオ」、ホラ、おいでなすった、と、私は横っ飛びに隣室に走った。なにも走ることはないのだけれど、そこが私の生来貧乏性なところである。

「ハイ。なんですか？」

「勝子（マダム・ゴジラである）のね、足袋を洗濯に出しておくれよ」

「足袋……？」

私は思わず白眼をムいた。フランスの字引に「足袋」なんて名詞があるかしら？　考えてみれば、足袋という代物は、牛や馬の如くツマ先が二つに分かれたへンな形のものである。これを「日本の靴下」と説明するのもヘンなものだし……ま、いいや、なんとかなるだろうよ。と、私はサイドテーブルの上の電話で「ランドリーサーヴィス」のダイヤルをまわした。

翌朝。ゴジラの部屋のドアがノックされて、誰やら入って来た様子である。一瞬の間を置いて、「秀チャーン！」というカン高いゴジラの声が飛んで来た。返事もそこそこに、ガウンのえりをかき合わせて隣室に入ってみると、ゴジラとマダムが度肝をぬかれたように口アングリと部屋の真ン中につっ立っていた。その眼の前の大理石のマントルピースの上に、一足の足袋が乗っていた、いや、この場合、一足というより一対というべきか、コテンコテンに糊《のり》で固められた足袋は、まるで木型の入ったブーツのようにツマ先を揃えてスックと立っていた。生まれてはじめて「足袋」を見たフランスの洗濯屋さんが、「さて、どうやってアイロンを掛けたものだろう？」と困惑している表情が見えるようで、こっけいもこっけいだったけれど、さすがはフランス、洗濯された足袋はまさに芸術品と言いたいような出来上がりだった。

やっさもっさのくり返しの内に二カ月が経ち、パリは吐く息が白くなるほど寒くなり、一日中うす紫色に煙っている日が続いた。が、イーゼルから絵の具箱、折りたたみの椅子まで背負った万燿氏をお供に、伊東ラドンは連日、寒空の中をスケッチに出かけた。

私は、少々心配になって、よせばいいのに余計な口を出した。

「伊東先生はこれからニューヨークにいらっしゃるそうですが、ニューヨークの冬は零下二十度ですよ。背広だけで大丈夫ですか？」

ラドン親子は一瞬キョトンとして、お互いの背広をみつめた。

「洋服もコートも全部パリで買うつもりだったので、着のみ着のまま出て来たんです。こりゃ大変、すっかり忘れていた。いますぐ洋服屋へ連れていってください」

オペラ通りの男性用品専門店「オールド・イングランド」の店内をしばらくウロついたラドン親子は、大量の衣類を抱えた店員と共に試着室に消えたまま、一時間を越えても出て来なかった。私は自分のしたおせっかいに自分でハラを立てながらも、しびれを切らし、アクビが出て、「もうこれまでヨ」と思ったとたんに試着室のカーテンが開いてようやく売り子が顔を出した。困ったような顔をしている。半開きのカーテンの中を覗いてみると、ラドンが鏡に向かって、これも困ったような顔で立っていた。

手先がかくれるほどデッカイ上衣を着て、ズボンを長くひきずっている。松の廊下、殿《でん》中《ちゅう》でござる、じゃあるまいし、このままニューヨークなど行けたものではない。

「伊東先生、この服はムリですね、とにかくそのズボンは脱いでください」

ラドンはウンウンと掛け声を掛けながらズボンを脱ぎはじめたが、靴を履いたままなのとボテボテのももひきがズボンにからみついてなかなか脱げない。上衣の下にもボテボテのシャツを着こんでいるらしく、背中が異様に波をうっていて、イギリス仕立てのスーツも台なしである。店員が溜息を吐《つ》いた。

「このムッシュウの体型は実にふしぎである。上衣が合えばズボンが大きく、ズボンが合えば上衣が小さい。これではどうにもならないが、どうするか？」

どうにもならなくても、どうにかしてもらわなければ困るけれど、私にそんなややこしいフランス語が喋れるはずがない。私はあわててハンドバッグから字引を取り出した。

「ズボン、ナオス。ウワギモ、ナオス。カレタチハ、ニューヨーク、ユク。ジカン、ナイ。イソグ。ワカッタカ？」

世の中には、言葉が通じない、ということでかえってトクをする場合もあるらしい。フランス人の売り子は私のすさまじいフランス語にヘキエキしたのか、背広からオーバーコート、ワイシャツからネクタイまでという上客を逃がしたくないのか、ポケットからメジャーをひっぱり出して、「ウイ、ウイ」とうなずいた。ヤレヤレである。

十二月のはじめ、ラドン組は「オールド・イングランド」から届いた暖かそうなキャメルのオーバーコートを着て、オルリー空港からニューヨークに向かって出発した。ゴジラ組もまた続いて日本に飛び立って行った。四人組を無事に送り出した善チャンと秀チャンは、疲労のあまり二、三日はベッドにひっくり返ったままだった。

昭和四十五年。ラドンに先き立って万燿氏が他界し、四十七年にはラドンもまた、万燿氏のあとを追うようにして逝ってしまった。

「いろいろとありがとうよ。日本へ帰って来たら美味《うま》いもン御馳走するぜ、バイバイ」

と空港で手を振っていた花柳ゴジラも、もうこの世の人ではない。

ラドンの残した数々の美しい美人画に接するたびに、私は、「オールド・イングランド」の試着室の鏡の前に、ラクダの下着をモコモコと着こんでうっそりと立っていた、縫いぐるみのラドンのような伊東先生を思い出す。

愛の告白

梅原龍三郎夫人、艶子さん（旧姓、亀岡艶子）は、大正三年、当時二十六歳だった梅原先生と結婚した。

梅原先生の言葉によると、

「なに、オバアとはほとんど見合い結婚だった。わたしの友人のすすめでね。ところが、約束の場所で小一時間ほども待ったが見合いの相手はやって来ない。もうイヤだ、と思って玄関を出たところへようやく来やがってサ、まあ、結婚した、というわけだな」

なのだそうだが、よっぽどお気に召さなければおいそれと結婚などする先生ではない。私の知る限りでは、海外旅行はもちろんのこと、いつでもどこでも、御夫妻はぴったりと御一緒だった。

先生流に言うと、艶子夫人は「お嬢ちゃんがそのままトシとっちゃった」女性で、「可愛がられるのは大好きだが、可愛がるのはすこぶる下手」な女性で、「いくら無個性で素直なのがいいといったって、オバアの奴はあんまりだ。マッチもすれない奴とは思わなかったサ」と、ブツブツこぼしたが、夫人は夫人で、「結婚したときね、オジイがこう言ったのよ。ボクは個性が強い男だからキミは白紙のままがいい。ごちゃごちゃ余計なことはしてくれるな、って……。だから私は何もしないことに決めたのよ」と、ブツブツこぼした。

しかし、「なんにもしない」ということもまた、強固な意志なしには出来ることではない。

「オジイがね。三度目の北京旅行から帰って来たときは、一日中、頬杖をついたままボンヤリと京劇のレコードに聞き惚《ほ》れていて、仕事もしないのよ。私心配したけど、あるときレコードをひったくって一枚のこらず足でこなごなに踏んづけてやったの。そしたら、オジイがハッと目がさめたような顔をしてね、仕事をするようになったのよ。ふふふ」

「この間ね、私が佐賀錦を織っていることを知って、税務署の人が調べに来たのよ。私が織ったものを売っている、とでも思ったのかしら？　私、面倒なことになるのイヤだから、奥の部屋から佐賀錦の織り機をひきずってきて税務署の人の前でめちゃめちゃに踏んでこわして、もう織らなければいいんでしょう？　って言ったら、二人ともビックリして帰っちゃった。ふふふ……」

「不幸の手紙っていうの、秀子サン受けとったことある？　あなたが不幸になりたくなかったら三枚以上のハガキを誰かに出しなさいっていう、あの不幸の手紙……。私、いろいろ考えたけど、結局、ハガキ三枚書いて自分あてに出しちゃった。でも、このことナイショよ。ふふふ」

こういう話を聞くと、どういたしまして、〝なにもしない〟どころか、私などはそのひとつとして実行する自信もないほど、艶子夫人は強烈なパンチの持ち主のようである。

あるとき、梅原家へ行くと、寝室から先生と艶子夫人がなにやらケタケタと笑いながら現れた。

「いまネ、オバアをまっさかさまに投げ飛ばしてやったところだ」

「えーッ？　まっさかさまって、どうやって？」

「股の間に腕を入れてサ、エーイッて、まっさかさまにブン投げたのサ」

「危ないねぇ……」

私は呆れ果てて、ブン投げた理由を聞くのを忘れた。

艶子夫人は、「オジイは力があるのねぇ、ブン投げられちゃった」と、ケロリとしていた。梅原先生七十五歳、艶子夫人六十九歳のときであった。

昭和五十二年四月。ちょっとした風邪から脱水症状をおこした艶子夫人は、全く突然に、呆気なく、梅原先生にサヨナラもおっしゃらずに逝ってしまった。

「オバアが、いま死んだよ」という先生からの電話に、私がびっくりして駆けつけたとき、先生はたった一人でボンヤリと居間の椅子に腰をかけていらして、「オバアは、奥の部屋だ」とアゴをしゃくり、

「午前中にボクが新聞を持っていってやったとき、今夜の夕食には食堂に出ます、って言ったほど元気だったんだ。しかし、二時頃にヒョイと寝室をのぞいてみたら、オバアは、死んでいたんだ」

ということだった。

ベッドの中の艶子夫人はいつもと同じ美しい笑顔で、本当に眠っているようだった。私は、悲しいというよりも、不意に平手打ちでも食ったような、キョトンとした気持ちだった。

翌日。クリスチャンだった艶子夫人は黒い布に被われた柩《ひつぎ》に納められていた。

柩の上には小さな十字架と花束がひとつ。そして柩の隣には、スケッチブックに描かれた艶子夫人のデッサンと並べて、黒い柩と花束と、いまの情景をそっくり描いた二十号もあろうかと思われる油絵が立てかけられていた。

「梅原先生は、深夜ひっそりとスケッチブックに艶子夫人の最期の顔を写し、この大きな油絵をお描きになったのだろうか？……」

私の胸に、ようやく艶子夫人の死と、梅原先生の悲しみが実感として迫ってきた。

梅原先生は柩に向けた椅子に腰をかけ、弔問にみえはじめた方々に、ただ、コクン、コクンと頭を下げていられた。

お通夜のあと、ガランとした居間で、私は梅原先生と二人きりになった。

「先生。ママはきれいな人だったね。きれいなまンまで亡くなってよかったと思うよ」

「ああ、そうだ。オバアはもともときれいだったがね、年をとるにつれてだんだんきれいになって、死ぬ間際はいよいよきれいだったサ」

これは間違いなく、梅原先生の愛の告白である。

八十四歳という年を重ねて、なお、最愛の男性《ひと》からこんなに美しい愛の言葉をもらう艶子夫人こそ、女冥利に尽きる、ということだろう。

何から何まで、どこからどこまで、艶子夫人は「見事な女性《ひと》」であった、と私は思う。

木枯し

ピュウ！　と木枯しが吹いて、冬が来た。

北海道生まれのくせに、めっぽう寒さに弱い私は、肩をすくめて納戸に入り、衣裳ダンスの戸を引き開けた。そろそろ毛皮のコートにお出まし願うためである。

私にはもともと毛皮が似合わない。とくにミンクやセーブルなど、フワフワと毛の生えた（？）コートを着たとたんに、私は人間から「マレー熊」に変身するということをしっかりと自認している。それを承知でなぜ毛皮を？　と聞かれれば、つまり手っとり早く暖かいからで、風邪を引いて苦しむよりはマレー熊であろうが、豆狸《まめだぬき》であろうがしかたがない、と諦めている。

冬になって毛皮を取りだし、風に当ててブラシをかけるたびに、私の心に小さな思い出が甦ってくる。

私がはじめて「毛皮」のコートを着たのは、第二次大戦後、昭和二十三年ごろだったと思う。当時、人気女優といわれてまわりからチヤホヤされていた私は、自分が好むと好まざるとにかかわらず、雑誌の表紙やグラビア、コマーシャル用の撮影のためなどであらゆる衣裳を揃えておかねばならず、映画出演料のほとんどが「衣裳費」となって消えていった。毛皮もまた商売道具のひとつだったから、衣裳ダンスの中にはミンク、チンチラ、リス、テン、シール、アストラカンやブロードテールなどのコートやストールがズラズラと並んでいた。が、それらの高価な毛皮をまとう私の心はいつも乾いてイラ立っていた。人嫌いで反抗精神の塊のような私は、「スター」という一見華やかな虚名を持つもう一人の自分についてゆけず、ひそかに「女優をやめること」ばかり考えていたからだった。ロクなことを考えない女優にロクな演技ができるはずもなく、仕事はいつも投げやりで数をこなすのがやっとだった。

そんなある日のことだった。

「御注文のミンクのハーフコートが仕上がりました」

と、銀座の、毛皮店から電話が入って、私は早速毛皮店へ出かけていった。メスのミンクを使ったコートはしなやかで、艶やかで、美しかった。家に持ち帰って鏡の前でコートを羽織り、ポケットに手を入れた。

「?」

私はポケットの底から小さく折り畳まれた紙片をつまみ出した。それは一枚の便箋に書かれた手紙だった。

「私は毛皮のお針子です。

このハーフコートの注文主が私の大好きな高峰秀子さんだと聞いて、私はとても嬉しくて一針一針に心をこめて縫いあげました。私が縫ったコートがあなたを暖かく包んでくれることを思うと、私はしあわせです」

私は何度も何度もその手紙を読みかえした。毛皮工場の裸電球の下で、固い毛皮を一針一針とじつけている一人の女性の姿が目に見えるようだった。

「コート一枚の陰にも、こうした人たちの労力がこめられている。そして、こうした人たちが私の映画を見てくれている。虚名であろうとなんだろうと、私は女優という職業に徹してもっともっと努力をしよう。……明日から頑張るぞ！」

胸の中に、小さなローソクの火がポッと点《とも》ったような気がした。手紙は小さく折り畳んでもとのようにポケットの底に沈めた。このコートを着るたびに手紙を読みかえして、私を励ましてほしかったからである。

手紙には、差出人の住所も名前も書かれていなかった。なんとかして一言でもお礼が言えたら……と考えたが、その方法はない。毛皮店の主人に問い合わせてみても、かえって当人に迷惑がかかりそうな気がして、それも控えたままで何十年という月日が過ぎた。

ブラシをかけ終った毛皮を、今度は柔らかい布で撫でるように拭く。毛皮は生き返ったように美しく輝いてくる。

「今年もまた、お世話になります」

と呟いてガラス戸を閉めようとしたとき、木枯しがピュウ！　と声を立てて庭の中を走っていった。

あの毛皮のお針子さんは元気だろうか。

住所録

今年もまた、住所録を書きあらためる季節が来た。年末になると、小引出しに溜った名刺や記念写真などの整理をしたあと、住所録を新品に書き移すのが、私の、もう何十年来の習慣になっている。

もともと、人づきあいが苦手だから住所録の「氏名」の出入りもさほどにぎやかではない。それだけに視線で追う「氏名」のそれぞれには私なりの思い出や感慨もあって、つい、ページを繰る手が停まってしまうこともある。

ト胸《とむね》をつかれるのは、黒枠ならぬ黒線が引かれた「氏名」にぶつかったときで「あぁ、今後はこの人と文通することもなく、電話口での会話もないのだ」と、自分自身を納得させるときの、哀惜と、なぜか腹立たしさをないまぜにしたようなおもい。このふしぎな感情は、私だけが持つ経験なのだろうか……。

住所録の最終ページには、外国居住の知人、友人の氏名が一括して記されている。これも数多くはないけれど、ほとんどが二、三十年来、いや、もっとつきあいの長い人もいて、私自身のトシをイヤでも思いしらされるページである。

ハワイのIさん
イタリーのJさん
ドイツのSさん
フランスのYさん
カナダのMさん
アメリカのOさん
オーストラリアのNさん
スリランカのAさん
中国のSさん
香港のMさん

その内の「香港のMさん」には黒い線が引かれている。Mさんとは三十年来の友人で、というより「食友」といったほうが当っているかもしれない。彼の、美味への情熱とすさまじいほどの執念の前では、食通とかグルメなどという言葉のなんと色あせて薄っぺらなことか！　香港の目ぼしい中国料理店に彼がヒョイと顔を出しただけで支配人の顔色が変わり、調理場へ駆けこんでゆくほど、良くいえば恐れられ、言いかたをかえれば、つまり「ハナツマミ」であった。

彼の名前は馬浩中《マコウチユン》。京劇の名女形「梅蘭芳《メイランファン》」の相手役として有名だった「馬連良《マレンリヤン》」の御曹子で、北京の生家は、九十の部屋を持つ大邸宅だったそうである。超ぜいたくな食生活の中で成長した馬さんは、年齢と共に舌のほうも肥えに肥え、いつの間にか人間ならぬ「食魔」へとエスカレートしたのだろうか。が、稀代の食魔にも寿命があり、昨年（一九九九年）、八十余歳でその生涯を閉じた。食友というより、私の、中国料理の師ともいえる人であった。

香港の馬さんのとなりには、タイのYさんの名前が記されている。この人は一九九八年（平成十年）に、私の住所録になかば強引に押し入ってきた、バンコック在住で、ハワイはホノルル生まれ、日系二世のアメリカ人である。

ある日、タイからの航空便で、巨大なボール箱が到着した。中には見事な蘭の花がおよそ百本の余も入っていた。送り主のYという名に心当りはないが、見知らぬ人からの花のプレゼントは珍らしいことでもないから私はさほどビックリもせず、家中の花器を動員してようやく蘭を活け終えた。その蘭を追いかけるようにして、またタイから巨大な発泡スチロールの箱が到着した。㊊というシールが貼ってある。箱は私の力ではとうてい持ち上らぬほど重く、それもそのはず中味は果物であった。日本人になじみのあるのはパパイヤくらいで、あとは名も知らぬ種々の南方の果物がギッシリとつめこまれていたが、(凍)のシールにもかかわらずほとんどが傷んでいて、むせかえるような匂いが家中に広がった。

　わが家はなぜか到来物が多い。お中元、お歳暮の季節以外にも、毎日のように宅配便が届く。せっかちな私はすぐに礼状を書くが、品物が傷んでいるときには正直にその状態も書く。そのほうがかえって送り主への親切だとおもうからだ。

　崩れた、それも大量の果物に、さすがに驚いた私は、前便の蘭のお礼につけ加えてＹさんに手紙を書いた。

「果物の長旅はムリなようです。折角《せっかく》の御厚意が死にます。もったいないことです」

　間もなく、国際電話でＹさんから電話が入った。年のころは七十歳前後というところか、野太く、しっかりとした声だった。そして、その口調には、いわゆる映画ファンとはちょっと違うニュアンスが感じられた。

「秀子さんは御記憶にないと思いますが、私は昔、あなたの周りをウロウロしていた男です。同じハワイ生まれの、歌手だった灰《ハイ》ちゃん、いや、灰田勝彦の親友だったものですから。あなたと灰田さんは仕事仲間だったでしょう？　私はいつも、灰田さんの側からあなたを仰ぎみていたものでした。……いや、こんなことを電話でくどくどと言っていても御迷惑でしょうから、私の自己紹介は手紙に書くことにします」

　私は、住所録からとうに消えていた灰田勝彦の記憶を、脳みその奥から引っぱり出した。

灰ちゃんこと灰田勝彦さんとは、映画「秀子の応援団長」「銀座カンカン娘」「ハナ子さん」などで共演し、「ハワイの花」「桃太郎」などのミュージカルの舞台でも共演、陸海軍の慰問やアトラクション旅行で一緒に歌って歩いたこともあった。歌手や俳優には、いわゆる「とりまき」と呼ばれるグループがいるものだが、Yさんも、当時の灰田さんのとりまきの一人だったのだろうか……。いずれにしても、四、五十年も以前のことで苔が生えている。

灰田さんは、明治四十四年にハワイで生まれた。小学生のころ家族と一緒に日本に里帰りし、明日帰国という日に泥棒に入られて、有金から乗船切符まで失った。裸同然になった一家は帰国を断念するより他に道はなかった。

灰ちゃんは立教大学在学中に、遊び半分に結成したハワイアンバンドでウクレレを弾き、ハワイアンソングを歌っている内に、いつの間にかプロとしてステージに立つような人気ものになったが、やがて召集令状が来て出征。満州で兵役をつとめたが、一年足らずで病いを得て白衣の勇士として帰還、陸軍病院に放りこまれて、歌手としての貴重な年月をベッドの上ですごした。おもえば彼もまた、あの戦争で「とり返しのつかない傷」を受けた人間の一人であった。竹を割ったようなサッパリとした人柄は誰からも好かれ、わが家とも家族ぐるみのつきあいだった。東京プリンスホテルでの、最後のワンマンショウになってしまったディナーショウの脚本を書いたのも、わが夫・ドッコイの松山善三だった。

Yさんからぶ厚い航空便が来た。達筆で、勢いのいい字が便箋の罫《けい》からはみ出しそうな手紙だった。私、Yは大学生のとき、タイの兵隊と警察官の柔道の教師としてタイに来たこと。以来、引き続きバンコックに住んでいること。現在は日本とタイの橋渡しのような仕事をしているが、自分は自宅から指示を出すのみで、実際の動きはタイ人の社員たちにまかせていること。日常は、趣味のピアノを弾いたり、日本映画のビデオを見たり、灰田勝彦のテープを楽しんでいること。外出はほとんどせず、十日に一度ほど伊勢丹デパートの食料品売場に出かけて好物の和食の食材を仕入れてくること……

その辺まではよかったが、手紙の後半は私にとってギョッとなるような文面だった。

「如何でしょう。一週間ほどぶらりとバンコックへお出でになりませんか？　あなたの著書のほとんどは通読ずみなので、御性格から趣味嗜好まで小生なりに承知しているつもりです。当地にいらしてもあなたのファンを集めたり、パーティを開いたり、と、ヤボなことはいっさいしません。お気楽にリラックスしてくだされば結構なのです。お目にかかって灰ちゃんの思い出話でもできれば望外のしあわせ、ほかに他意はありません……」

冗談ではない。現在の私は七十歳をとうにすぎたヨレヨレの老婆である。なにが面白くて四十度を越す暑いバンコックへなど行くものか！　第一、私はYさんの顔も年齢も知らないし、このトシになって新しい友人を作ろうという興味もない。

私はあわてて、思った通りのことを正直に書いたお断りの手紙を出した。

折りかえしに届いたYさんの手紙には二、三枚のYさんのスナップ写真が同封されていた。頭髪はおぼろ月夜、堂々たる体型は、麻布十番の「たぬき煎餅屋」の店頭に据えられている、おなかの突き出たはりぼてのタヌキ、もしくは元横綱で相撲界の大ボスといったところか、サングラスをかけた眼元は、長年、異国の波風を浴びてきたせいか、ふてぶてしく据《すわ》っていて少々オッカナイ。手紙はやはり「バンコックへいらしてください」の一辺倒だった。

手紙ばかりではなく、三日に一度ほどの間隔で電話が入るようになり、これも「バンコックへどうぞ」「いつ来ますか?」の一辺倒、「来てください」「行きません」の押し問答のくりかえしであった。

ある日、Yさんの使いと称するUさんという男性から連絡があり、上等のタイシルク製のハーフコートとスカーフ、松山のスーツの布地が届いた。ハーフコートの色はチャコールグレイ。特別注文だろうが不気味になるほど私の寸法にピッタリだった。けれど、見知らぬ人からの贈りものにしてはあまりにケタはずれな品物である。私はとりあえずデパートに走って、和食党だというYさんのために鰻の蒲焼きやめんたいこ、わかめ、ひじき、とろろ昆布などをしこたま買いこみ、エアメールで送り出した。

電話攻勢は相変わらずで、というより、いっそう頻繁になり、ほとんど暴力に近い。これに似たケースは過去にも何回かあったけれど、ここまで一方的で迫力のあるのは珍らしい。こちらがキレても、あちらはキレる気配もないのだから文字通り「のれんに腕押し」である。私はだんだん、こんなゴジラのようなオジサンと押し問答をしている自分がこっけいになってきた。まるでマンガである。が、そこにチラッと油断（?）があったのかも知れない。ある日の午後、再びUさんからの電話で「Yさんからのことづかりものをお届けしたい」と言う。私は玄関さきでUさんに会った。

Uさんから手渡された茶封筒の中には、TG、ファーストクラス、バンコック往復の四枚の航空券とフライトのタイムテーブルが入っていて、日付はオープンになっている。

ガーン！

「これは困ります。バンコックへ行く気はないのですから、Yさんにお返ししてくださ い」

「困るのはボクのほうです。これをお渡しするために、わざわざバンコックから飛んできたんですから」

ちょっと茶目っ気のあるUさんは両手をうしろにまわして、子供のようにイヤイヤをした。

航空券を広げた食卓に向い合っていた松山が口を開いた。

「まさか、送り返すわけにもいかないだろう……もう、ここまできたら行っちまうよりしかたがないいんじゃない?」

「四十度のバンコックですよ」

「元気を出して、というより、頑張って行こうよ、二、三日で帰ってきてもいい」

「命がけねぇ」

「行くなら早い方がいい、行けば結着がつくんだからサ」


三月八日の午後十時。私たち二人はYさんお迎えの真白いロングベンツに乗せられて、バンコックの街を走っていた。

二人の手首には、国賓用だという小花で編まれた美しいレイが芳香を放ち、助手席には西瓜《すいか》のように巨大なYさんの後頭部が見える。

「え?!」

私は思わず身を乗り出した。ベンツが赤信号を無視して突っ走ったからである。ふっと気がつくと、ベンツの前後には二台の白バイが走っていて、あるときは左右に、あるときは前後にぴたりと貼りついて先導をつとめていたのだった。夜目にも白いヘルメット、黒一色の制服に黒革のブーツ。オートバイはホンダのナナハンである。

「この連中は王室専用の白バイですがね、大事なお客さんなのでちょっと借りました。安全第一ですよ」

と、Yさんは悠然としているが、ちょっと借りるといっても友だちの自転車を借りるのとはわけがちがう……私は沈黙した。

ベンツは四十分ほどで「リージェント・バンコックホテル」に到着。豪華なロビーを通って最上階のスイートルームに案内された。昔のタイ貴族の豪邸を模したというスイートは、天井から床までどっしりとした木材が使われていて、広いサロンに据えられたグランドピアノと溢れるような生花。その他のすべてが優雅なアンティックで統一され、美術館さながらである。

「あちこちのホテルを見てまわりましたがね。骨董好きの秀子さんなのでここに決めました。お酒は何がお好みか分らないので、キッチンに、ワインをはじめ、洋酒を十本ばかり置いておきましたのでお好きなのを開けてください」

と、Yさんが言う。

鈍く底光りのするタイシルク張りのソファに掛けて、テーブルの上のナッツやドライフルーツをつまみながら、まずはビールで乾盃。Yさんは以前に飲みすぎで身体をこわしたとかで、ほとんどお酒を呑まない。同席者はUさんと、Yさんの仕事仲間だというもの静かな男性だけなので気が楽である。Yさんとは数多くの電話で好き勝手な口をきいていたので初対面のような気がしない。ベージュのシルクの長そでシャツに焦げ茶のズボン、指にはエメラルド入りの指輪が光っている。Yさんは受話器を手にすると、ポンとボタンを押した。一分も経たない内に、キッチンのほうから黒い蝶ネクタイに黒服の男性がすうっと現れた。

「この人はね、ホテルのマネージャーです。この部屋のとなりに泊りこみでお二人のお世話をすることになっていますから、御用のときはこのボタンを押してください。合鍵でキッチンのドアから入ってきますから」

Yさんはそれだけ言うと腰を上げた。何から何までよく気がつく人である。

私たちはスーツケースの中の衣類をクローゼットルームに納め、十坪《つぼ》ほどもある大理石ずくめのバカでかいジャグジーバスに入ってベッドにへたりこんだ。やはりおトシである。

翌朝、キッチンのほうで物音がしたような気がしたので、食堂に続くキッチンを覗いてみた。氷の入ったシャンペンクーラーの中に、フレッシュオレンジジュースがなみなみと入った大きな水さしが入っていた。

十時。一階のダイニングルームでYさんUさんと軽い朝食のあと、Yさんの自宅へ向う。今日は天井の高いバンでYさんの運転である。

「すぐそこです」とはいうものの、バンコックの交通渋滞は世界的に有名。バス。トラック。タクシー。自家用車。オートバイタクシー。サムロと呼ばれる三輪車タクシー。おびただしい数のオートバイと自転車……と、シッチャカメッチャカな街の中を、バンはノロノロとかたつむりの如く進み、三十分ほどでようやくアパートの前についた。タイ人の門番がいる立派なアパートで、場所は東京でいうなら田園調布か成城学園といった高級住宅街である。エレベーターで最上階のペントハウスに上り、ドアを開けると三人のタイ人の女性が飛び出してきて、胸の前で両手を合わせてタイ風の挨拶をした。

広いリビングルームにはグランドピアノが据えられ、一方の壁はビデオテープでびっしりと埋められ、テラスには南の花が咲き乱れている。が、広くスペースをとったバカでかい応接セットは、木彫の金ピカの飾りのついた花模様のサテン張りでゲッとなるような代物である。そのセットをジロリと見た私を、ジロリと見返したYさんが言った。

「悪趣味でしょう？　全く……友だちが家具の輸入屋をはじめたので、お祝いに一番いいヤツを買ってやるって言ったら、こんなゴテゴテをかつぎこまれちまって……ま、がまんして座ってください」

Yさんはそう言って、自分の専用らしいどっしりとした黒革張りのアームチェアにドカンと腰を下ろした。

三人の女性が入れ替り立ち替りして、日本茶や和菓子、果物などを運んできた。年かさらしい三十歳ほどの女性に目をやって、Yさんが言った。

「この女と、食堂でチョロチョロしている男の子と一緒に暮すようになって、十年経ちます」

女性に向ってこの女とはなにごとか。私はムッとした。

「この方、奥さんですか?」

間髪《かんはつ》を入れずに、Yさんがピシリとした調子で言った。

「まさか！　私には女房も娘もいますよ。タイの季候は合わないからって、アメリカで母娘で三階建てのドライヴインをやっています。私も年に一度は様子をみに行ってますがね」

私には他人の個人生活を根掘り葉掘りする趣味がない。私は黙った。Yさんは突然スイと立ち上って、食堂の向うに消えた。肥満体のわりに妙に動作の素早い人である。Yさんは、煙草のピースの罐《かん》を三、四個胸に抱えて戻ってきて蓋《ふた》をとり、テーブルセンターの上に中味をぶちまけた。それは、大小さまざまな鉱石であった。赤いルビーがほのかに顔を出している石もある。

「私は昔、鉱山《ヤマ》に手を出していたことがありましてね……」

男性にとって、宝石の発掘という仕事は一度はやってみたい一種のギャンブルのような魅力があるらしい。宝石の出そうな鉱山の土地の一部を買い取って掘り下げ、その泥を平たいザルに入れて水中でふるいにかける。ザルに残った鉱石から目ぼしい宝石が出れば、それこそ一攫千金《いっかくせんきん》だし、何も出なければすべてペケである。Yさんも何度か土地を買ったことがあるらしい。もちろん、実際に土を掘ったり、ふるいにかけたり、不寝番をしたり、の労働をするのは現地で雇う労務者たちである。

Yさんが雇った労務者の中に、Yさんが気に入った若いタイ人がいて、Yさんは特に彼を可愛がり、彼もYさんを慕って献身的に仕事に励んだ。が、あまりに熱心な働きぶりに他の労務者たちの反感を買ったのだろうか、ある朝、彼は何者かにピストルで撃たれた。そばにいた四歳の息子は即死だったそうである。

知らせを受けたYさんは、単身車を駆って彼がかつぎこまれた病院にかけつけた。既に虫の息になっていた彼は「Yさんに仕えられて幸せだった」と礼を言い「残った妻と生まれたばかりの赤子をよろしくお願いします」と言って眼を閉じた。Yさんは「分った、二人は引きうけたぞ」と、彼の耳元で何度もくりかえしたが、もう返事はなかった。Yさんはまだうら若い彼の妻と赤子を車に乗せて自宅へ連れ帰った。

「それが、あの女と、十歳になる男の子です。私は彼との約束を守って、生涯、あの二人の面倒をみるつもりですよ……鉱山《ヤマ》はそれきりやめました。これがそのお名残《なご》りだ」

Yさんは再びピースの罐にポツン、ポツンと鉱石を戻した。

「あの人と、男の子、なんていう名前ですか？」

「十年前にきいたけど、なんだかややこしい名前なんで、面倒くさいから私は女をナミチャン、子供をヘイチャンと呼んでます。いいかげんだねぇ、私も……」

Yさんは、はじめて低い笑い声を立てた。ナミチャンは、食堂の隅っこの椅子に一人ひっそりと腰をかけていた。

昼食は、伊勢丹デパートの中にある、やたらと辛い宮廷料理とかで、ナミチャン、ヘイチャンも一緒だった。二人とも日本語が分るのか分らないのかただ押し黙って箸を動かすのみ。Yさんの前での二人の眼には何故かオドオドとした色がみえて、およそアットホームといった雰囲気などはなく、妙にギクシャクとした昼食だった。いったんホテルに戻って着更えをし、夕食は郊外の「龍城」という海鮮料理へ行く。めちゃくちゃに広いスペースに何軒かのレストランが集ったヘンテコな建物で、料理の味はいまいち。広いステージでダラダラと続く歌や踊りもつまらない。料理の大皿を捧げ持ったウエイターたちがローラースケートで走りまわるのだけがちょっと面白かった。

バンコック滞在三日目は「Uに御案内させますからショッピングなど、御自由にどうぞ」とのことで、以前にも行ったことのあるタイシルクの店「ジム・トンプソン」へ行く。松山のナイトガウンを注文、そのあとオリエンタルホテルの骨董屋をぶらついて小さなオピュームウェイトを買う。明日はお寺詣りなので早々にホテルへ戻り、夕食はホテルでます。松山はステーキ、私はラムチョップ、久し振りの洋食が美味しかった。

タイは、御存知「仏教の国」で、三万に近い寺院がある。バンコック内だけでも四百二十四の寺院があるというが、人気（?）のあるのはやはり王宮前にあるワット・プラケーオ（エメラルド寺院）で、その美しさはバツグンである。が、四十度を越すバンコックの、あの広大な参道を果して歩けるかどうかと不安になる。「私はアパートでお帰りをお待ちしています」と、あのタフなYさんははじめからオンリしているが、私は、もう二度とバンコックへ来ることはないのだから、と、思いきって出かけることにした。エスコートはYさんのバンを運転するUさんと、奥さん（タイ人）のジュちゃんである。

参道前でバンから降りた私に、用意のいいジュちゃんがサッとパラソルをさしかけてくれたが、五分も歩かない内に私はヘトヘトになり、ようやく本堂の屋根の下に逃げこんだ。カッと照りつける太陽と地面の照りかえしで、ただひたすら暑い。エメラルドの美しい御本尊を拝観する元気もなく、早々にひき返してYさんのアパートへ向った。松山はバスルームでシャワーを使わせてもらい、私は洗面所で汗まみれの顔を洗ってやっと人心地をとり戻した。夕食は徒歩で五分もかからないレストランでタイ風寄せ鍋のごときものを御馳走になる。日に焼けたせいかコップ一杯のビールで酔いがまわり、お味のほうはさっぱり分らなかった。食後、女、子供は自宅に帰して、クラブ風のバァへ行く。ピアノとドラムの生バンドが入っていたが、Yさんはピアニストを押しのけて、灰田さんのヒット曲「燦《きら》めく星座」を弾きだした。「燦めく星座」は、昭和十五年、私が十六歳のときに灰田さんと共演した「秀子の応援団長」の主題歌で、彼はこの一曲で一躍有名歌手になった。

〽男純情の　愛の星の色

冴えて夜空に　ただ一つ
あふれる想い……

そうだ。私はこの灰田タイムのためにバンコックくんだりまで呼び出されてきたんだっけ……と、気がついた私は、何十年振りかでマイクを手にし、灰田さんの持ち歌を二、三曲歌った。Yさんの巨体が嬉しそうに左右にゆれ、子供のような笑顔が可愛かった。

午前九時。「海が見たい、泳ぎたい」という松山の一声で、車で三時間ほどだというライヨンというリゾート地へ一泊の予定で出発。車はバンでYさんの運転。助手席にはナミチャン、後部座席にはリュックを抱えたヘイチャンが仔犬のように丸まっている。ドアが閉ったとたんに灰ちゃんの歌声が車内に響きわたった。これから三時間「灰ちゃん漬けか?!」と、少々げんなりだが、上機嫌のYさんはテープに合わせて口笛など吹いている。

Yさんが車のエンジンを掛けると同時に、例の、借りものの二台の白バイがピタリとバンの両脇に貼りついた。もちろん赤信号は無視。片方の掌《てのひら》をのばして、優しく周りの車を牽制《けんせい》しながら渋滞を縫って進む身のこなしが、タイの古典舞踊でも見るように優雅で美しい。

王室専用の白バイには、かなりの規約があるらしい。まず第一に美男子であること。頭脳明晰で礼儀正しいこと。十年以上の運転経験があること。年齢は三十五歳までで、身長は高く、スラリとスリムな体型であること。制服やブーツは特注なので自分もち。月給は安いが、警察友の会のような特権があるから生活は楽。六十歳定年で、退職した時点の月給を生涯支給される、と、いろいろとおやかましいことだが、カッコのいいエリートだから若者たちのあこがれのひとつであるらしい。

途中、ドライヴインで小憩し、再び出発。通りすぎる村落の家々のほとんどは粗末で貧しげである。が、人々の表情は和やかで、白バイに向かって手を振る子供たちもいる。美しい海岸の古風なホテルに到着すると、先発していたUさんとジュちゃんがバンザイをして迎えてくれた。椰子《やし》の木の並ぶ広いテラスで潮風に吹かれながらタイ風のカレーのランチをとったあと、エレベーターで最上階に上る。またもや、バァ、サロン、テラスつきのスイートである。海の好きな松山は早速に海水パンツをつけてビーチへ。ブクの私は髪を洗ってベッドに這いあがり、文庫本を開いた。六時。再びテラスのテーブルでタイ料理の夕食。灰ちゃんの思い出話に花が咲いて、Yさんは楽しそうだった。

帰国の日が来た。空港で白バイの二人とサヨナラの握手をし、YさんUさんと食堂でタイ風のおかゆを食べる。Yさんの表情が心なしか寂しそうで「次ぎは何時《いつ》来ますか？」とは、何度もくりかえす。生活は豊かでも、ナミチャン、ヘイチャンとのギクシャクとした毎日は、Yさんにとってかなりの負担なのかも知れない。でも、私には何もしてあげられない。

「Yさんも東京へいらっしゃいよ。ホテルと和食、車の用意くらいはできますから」と、こちらも同じことをくりかえしてゲートに向かった。

東京に戻った私は、さすがに疲れたのか一週間ほどベッドにひっくり返っていた。Yさんからは相変わらず電話が入り、

「ナミチャンが、ヒデコ、ヒデコと懐かしがっています」

「今夜は、あの寄せ鍋屋へ行ってきましたよ」

と、他愛のない電話ばかりだったが、五月の半ばごろからパタリと電話が停った。「Yさん騒動も、これで一件落着か」と、松山が呟いた。人間はふしぎなもので、電話がかかりすぎればわずらわしいし、なければないで少々気がかりになる。「Yさん、どうしているかな？　こっちから電話をしてみようか」と、松山が言ったその日に、Yさんから電話が入った。

「入院してたんですよ、胆石の手術で。胆石は取れたけど他にもなにやら面白くないものがあるとかで、胃の三分の二が無くなっちゃった。今日ようやく退院したんですが、食事はおかゆとかプリンとかばかりでね。でも体重は十キロもへって、ちょっとスマートにはなりましたがね……」

あの、巨体で元気潑剌としていたYさんが、入院して手術なんて……私はビックリして

スーパーマーケットに走り、即席味噌汁、即席吸いものの素、吉野葛などを買ってエアメールで送った。

「小包み、ありがとう。今日は早速いただいた味噌汁をのみました。ただし、コーヒーカップに半分だけとはどうにも情ない、この大食いの私がね……ところで次ぎはいつバンコックへみえますか？　今度はぐんとモダンなホテルを用意しますから、いつでもお出でください……」

私は返事のしようもなく、ただ「お大事に」と言って電話を切った。

一週間ほどの後、またYさんから電話が入った。

「医者のヤロウがね、もう一度入院しろって言うんですよ。あんまりうるさいからちょっと行ってきます。退院したら電話をしますから。松山さんによろしくね」

岩手医専中退の松山が言った。「再入院？……いいニュースじゃないね。十日ほどしたら電話をしてみるよ」。十日経ってもYさんからの電話はなく、松山が何回かダイヤルをしたが通じなかった。

「ナミチャン、ヘイチャンは病院につめているのかもしれないけど、メイドさんが二人居たよね、でも、誰も出ないんだ……」

そして八月二十四日。机の前に座って、宅配便の礼状を書いていた私のそばにスッと寄ってきた松山が言った。

「いま、バンコックのYさんの知人という人から電話があった。Yさんが亡くなったんだって……ナミチャンが電話口に出てきて、日本語で、イタイ、イタイ、トイッテ、死ニマシタって言ってた」

私は絶句し、書きかけの手紙も放り出して、しばらくの間呆然と座りこんでいた。

Yさんはある日、突然、嵐のように私たちの生活の中に飛びこんできて、龍巻のように私たちをキリキリ舞いさせ、知り合って二年も経たない内にふっとこの世から消えてしまった。Yさんとの実際のつきあいといったらバンコックでの一週間だけである。一週間ではYさんという人間の全貌をつかめるはずもなく、Yさんのビジネスの内容や、年齢すら私は知らない。私たちにとってのYさんは、正直にいって「得体の知れない、謎の人」でしかなかった。分っているのは、彼が灰田勝彦という歌手をこよなく愛していた、ということだけである。

「灰ちゃんは健啖家《けんたんか》だったねぇ。なんでも美味そうによく食べたっけ」

「灰ちゃんは喧嘩っ早くてね。とめるのがたいへんだった」

「灰ちゃんはコーヒーカップを持つとき、いつもこんな風に小指をピンと立てるくせがあったっけ」

Yさんの口から灰ちゃんという名前が出るたびに、Yさんの眼元はやわらかく和み、声まで若々しく弾んだ。Yさんが灰ちゃんの単なるファンだったのか親友だったのか、仕事上のマネージャーだったのか、それとも歌手と興行師という間柄だったのか、くわしくは知らないが、男がここまで男に惚れこむものなのか、と私は羨しく思ったものだった。バンコックの知人友人に、いくら灰ちゃんの話をしてみたところで、誰一人灰ちゃんを知る人はなく、相づちを打ってくれる人もない。Yさんは、かつての仕事仲間であった私の向うに、灰ちゃんの影を見たのではないのだろうか？　そして、年毎《としごと》につのる灰ちゃん懐かしさのおもいが爆発して私への異常な電話攻勢になったのではないのだろうか……というのは私の想像だが、ほんとうのことは分らない。妻子とは遠く離れ、昨年はハワイに居た九十余歳のお母さんも亡くなり、かつての柔道の生徒で後に大臣になってからも、「俺、お前」の間柄だったという親友も、いまは亡い。残ったのは、老いた自分と、ナミチャン、ヘイチャンとのギクシャクとした日常だけである。イタイ、イタイ、と病院のベッドで呻《うめ》きながらも、最後の心残りはきっと、ナミチャンの夫への約束と責任を果せなかったという「重さ」ではなかったのだろうか。そのYさんの気もちをおもうと、私まで心が痛む。人間には出会いがあれば必ず別れがある。それはよく分っている。が、Yさんとの交流はたったの二年足らずだったのに、彼の印象は強烈に私の心の中に残っている。私にはまだYさんの死が信じられないけれど、私はノロノロと、住所録のYさんの「氏名」の上に黒い線を引いた。そして、思った。いつの日か、私の知人友人の住所録の中の私の名前の上にもこうして黒い線が引かれるのだろう……と。

〽なぜに流れくる　熱い涙やら
これが若さと　言うものさ
楽しじゃないか
強い額に　星の色
映して　歌おうよ
生きる命は一筋に　男の心
燃える希望だ　憧れだ
きらめく　金の星

バンコックのバァで、楽しそうに歌っていたYさんの笑顔が、ふっと現れて、そして、ふっと消えた。

解説（石井桃子）

千野帽子《ちのぼうし》（エッセイスト）

石井桃子は、幼年期を回想した『幼ものがたり』を《子どもの館》一九七七年四月号から翌年の五月号まで連載し、一九八一年に福音館書店から刊行した。

「まえがき」にはこう書いてある。〈幼い子どもの心に残ったものであるから、あるところはきれぎれであり、また、いまとなっては、真偽の保証もできないようなものだが、それを承知で、私はこれを書きとめておこうと思いたった〉。

私たちはこういう幼年期の回想記をいくつか持っている。『幼ものがたり』刊行の三〇年前に、幸田文が『みそつかす』を上梓した。『みそつかす』のさらに三〇年前には、中勘助の『銀の匙《さじ》』が単行本化された。

『幼ものがたり』の「まえがき」には、当時彼女の一家が住んでいた旧浦和宿の家の間取図が描いてある。〈井戸〉〈鳥小屋〉〈外便所〉〈ウサギ小屋〉〈かまど〉〈大釜〉などの具体的な位置が示してあって興味深い。

『幼ものがたり』は全部で約七〇篇の断章から構成されていて、主題別に章立てされている。本書の第一章「『幼ものがたり』より」はそのうちの二六篇を収録している。本巻での掲載順は変わっていない。

最初の「『どっちがすき？』」から「ねずみ」までの四篇は、冒頭の「早い記憶」の章から採られている。ここで石井桃子は意識の海面から、自分のいちばん古い記憶にむかって錨を下ろしていく。

錨が海底に届いたところで、こんどは家族のことへと話題が進む。「祖母」から「もっこに揺られて」までの一二篇は「身近な人びと」と題された章から。

これは明治末年のことだから、この言葉で私たちが考えるような核家族ではもちろんない。〈まあちゃん〉のような、ひとことでは位置づけにくい関係の人——まあちゃんは、父のいとこだということが〈大きくなるにつれ、いつとはなしにわかって〉くる——が同居している、もう少し大きくて流動的な共同体なのだ。

長い時間を生きていない子どもにとって、家族という概念はまだ「時間」のなかでとらえられていない。家族とはなによりまず関係だ。そして他人ではあっても、どこか自分というものの空間的な延長としての性質を持っているものなのだ。

つづいて、「雪の日」「夏の遊び」「指」の三篇は「四季折々」という章から採られた。季節とは、循環して繰り返す時間だ。世界各地の神話を創り出したこういう時間のことを、カイロス的時間と呼ぶ。時間のカイロス的な側面は、年中行事や季節感によって区切られる。この三篇は、雛祭を題材とした石井桃子の童話『三月ひなのつき』（一九六三）と併せて読むものなのかもしれない。

自分を中心とする空間としての家族、循環するカイロス的な時間、いずれも自己意識の文脈に依存した直示《ダイクシス》的・転換子《シフター》的な認識のありようだった。直示とか転換子とかいうのは、「私」「あなた」「いま」「きのう」「むかし」「来年」といった、発話者の立場によって指すものが変わる表現のことだ。

『幼ものがたり』のフラグメントの配列は、こういった直示的世界から、地図的な空間把握および年表的な時間把握へと進んでいく。「Kちゃん」から「遠い隣」までの四篇は「近所かいわい」という章に収められたものだ。〈田中さん〉の家とか〈伊勢屋〉といった固有名は、発話者の立場から独立して対象を指し示すためのものだ。つまり、転換子的な世界認識から、固有名による世界認識へと、ここで変化している。

最後の三篇は「明治の終り」という章から。ここにあるのはカイロス的時間ではもはやない。繰り返さずに一直線に進み、ニュースや歴史といった形で外から指示される、クロノス的な時間である。

『幼ものがたり』の語りの手際は、たんに焦点がくっきりしているというのではない。石井桃子の文章は、記憶の曖昧さを曖昧さのままに提示できる。さらに今回改めて読んでみて、章立てが律儀なまでにシステマティックであることに驚いた。明晰で、幼い心が世界を把握していく段階を再構成するかのようだ。この明晰さがこの人の文章の味わいなのではないか。

石井桃子の創作や文章から編んだ選集『石井桃子集』全七巻が、一九九八年から九九年にかけて岩波書店から刊行された。第三巻までが創作（絵本テクストを含む）、第四巻が先述『幼ものがたり』、第五巻が『新編 子どもの図書館』、第六巻が『児童文学の旅』、第七巻がオリジナル編集の『エッセイ集』となっている。最新作だった長篇小説『幻の朱《あか》い実』（一九九四）は収録されていない。

『石井桃子集』の功績はとりわけ、彼女の業績のなかでもっと言及されていいはずの小説『迷子の天使』を第三巻に収録したことと、第七巻でエッセイをまとめて読めるようにしたことだと思う。

第七巻は一九五一年から半世紀近くにわたって書いてきた文章六一篇を収録し、書き下ろし一篇を加えたものだった。本書第二章はここから六篇を選んでいる。

石井桃子の多面的な活動のひとつとして、児童書にかんする施設や運動体の運営がある。白林少年館、家庭文庫研究会、かつら文庫、東京子ども図書館などである。こういった活動のなかから中川李枝子文・大村（山脇）百合子画の『いやいやえん』も登場した。「生きているということ」は、自ら設立した東京子ども図書館の《おしらせ》二〇号（一九七九年一月）に掲載したもの。

石井桃子の創作でもっとも有名な『ノンちゃん雲に乗る』は戦後に登場した「戦時下文学」である。そのあたりの事情は「自作再見『ノンちゃん雲に乗る』」で回想されている。《朝日新聞》一九九一年九月二二日に掲載された。

石井桃子は戦後、児童文学研究者としてたびたび英語圏を訪れた。移動すること、人と出会うことについてどう考えていたか、「ひとり旅」（角川書店《俳句》一九七六年一月）と「ヘレン＝T」（《びわの実学校》一九八四年五月）で彼女は少しだけ教えてくれている。

「太宰さん」（岩波書店《文庫》一九五七年六月）と「井伏さんとドリトル先生」（筑摩書房『井伏鱒二全集』第一二巻月報、一九九八年一一月）は、このふたりの小説家との交流を回想したもの。石井桃子と太宰治の縁については、井伏鱒二の随筆「をんなごころ」にも違う角度から書かれている。

犬養道子の回想記『花々と星々と』『ある歴史の娘』に、若いころの石井桃子が登場する。祖父・犬養毅が菊池寛を介して蔵書整理のために雇った、日本女子大出の海老茶袴《えびちゃばかま》の女性だ。「クマのプーさん」シリーズ日本語訳のきっかけは、西園寺公一《きんかず》が『プー横丁にたった家』の原書を幼い道子の弟・康彦にクリスマスプレゼントとして贈ったのを、石井桃子が道子たちに訳して聞かせていたことだったという。

石井桃子は児童文学の研究者であって、同時に実作者として童話や絵本の創作も残した。かなり年長の読者であれば、映画化された『ノンちゃん雲に乗る』の作者としての石井桃子を真っ先に思い浮かべるかもしれない。それより下の世代になると、たぶん、幼時に本の表紙の「石井桃子訳」というか「やく　いしい　ももこ」という表記によって、世のなかに翻訳というものが存在することを知ったのではないか。

石井桃子は「うさこちゃん」（ナインチェ、英語圏ではミッフィー）やプーさんやピーターラビットといったシリーズものを翻訳し、エリナー・ファージョンをはじめとする重要な作家たちを紹介した。また編集者・プロデューサーとして、『ドリトル先生』を井伏鱒二に、『星の王子さま』を内藤濯《あろう》に、『たのしい川邊』を中野好夫に訳させた（中野訳は抄訳、のちの石井自身による全訳が『たのしい川べ』）。岩波少年文庫の創刊にかかわった。だから彼女は児童文学翻訳史上最大の重要人物として記憶されているのだけれど、とはいえこの人は「大人の作家」なのだ。

幼年期を回想した『幼ものがたり』において、回想する語り手である〈私〉と回想される主人公である〈私〉とがだらしなく一体化する箇所は一ページとして存在しない。両者はいつもきっぱりと、フェアに分かれている。

石井桃子はいつでも、大人の態度で文章を書く。彼女のエッセイの読者は、それを読みながら、大人であることが自分に求められていると気づくのだった。

解説（高峰秀子）

岡崎武志（書評家）

「わたしたちにとって、高峰さんは映画館に行くといる、言わば世の中の一部みたいな存在だったのですよ」

そう語るのは作家の故・井上ひさし。高峰秀子との対談（『映画をたずねて　井上ひさし対談集』ちくま文庫）での発言だ。じっさい、日本映画全盛期における女優・高峰秀子の輝きは、比類ないものだった。

生涯の映画出演本数は三百本以上。しかも後半は成瀬巳喜男を始め、木下恵介、五所平之助、豊田四郎、野村芳太郎など名匠巨匠と組んで、日本映画の量と質を支え続けた。

たとえば成瀬監督との初仕事となった「秀子の車掌さん」（一九四一）。業績不振の田舎のオンボロバスで、健気に車掌を務めるおこまさんが高峰の役どころだ。白いおでこを出して、にこやかに微笑む高峰秀子はまだ十七歳。五歳にして映画界入りして以来、すでに出演本数は七十本以上を数えていた。

その可憐さと輝きには一点の曇りもないように見える。しかし、このとき彼女の細い肩には義母を始め、一家が経済的に負ぶさっていたことが、この選集を読めばわかる。「天才子役」は大成しない、との業界のジンクスをうち払って、みごと女優として大輪の花を咲かせるまでに、いかなる「喜びも悲しみも幾歳月《いくとしつき》」があったか。母親との軋轢《あつれき》を始め、自分の心のうちにあったものを、驚くほど率直に語る文章スタイルから、その一端に触れることができるのだ。

本書をきっかけに『わたしの渡世日記』『コットンが好き』『おいしい人間』『にんげん住所録』等々に手を伸ばしてほしい。いまでもほとんどが文春や新潮など各文庫で読めるから。

とくに最初の著作『巴里ひとりある記』（一九五三、映画世界社刊／現在、河出文庫）は、まだ海外渡航が珍しかった時代に、パリへ渡った体験記だが、見たこと聞いたことを生き生きと自在に語り、みごとだ。随筆家・高峰秀子の誕生と女優としての再出発を告げる記念碑と言える。

それにしても、これほど多くの著作を執筆できたことは驚異だ。そこで、疑いを持つかもしれない。ゴーストライター（陰の執筆者）がいたのではないか？　と。疑問はもっともなことで、当時、歌手や俳優が出す本のほとんどは、記者や作家の卵が代作するのが普通であった。

高峰秀子もあらぬ疑いに悩まされたことを打明けている。とくに夫が脚本家だったために、松山善三氏が代筆しているという噂が立った。

随筆家としての高峰の代表作となった『わたしの渡世日記』解説で、沢木耕太郎が、あまりに巧い文章に同様の疑いを持ったことを告白している。しかし、著作を何冊か読んだのち、こう考えるに至った。

「ここには、『文章のうまい女優』がいるのではなく、単にひとりの『文章家』がいるだけなのだと認めざるを得なくなったのだ」

疑いのない例証を一つ挙げれば、『わたしの渡世日記』にこんな一節がある。

「人間、生まれてから死ぬまで、ただのんべんだらりと『食っちゃ寝』をくり返し、単なるウンコ製造機で終わる人はいないだろう」（下巻／「勲章」）

もし、代筆者がいたとしたら、この尾籠《びろう》なカタカナ三文字を使うことなどありえない。本書のなかでも、この三文字は平気で投入されている。美人女優にありがちな、ある種の媚態や、底の浅い抒情、スター意識に彩られた鼻持ちならない自意識過剰が、高峰の文章にはいっさいない。直截にして晴朗、乾いた小枝をポキポキ折るような文体は、本書を通読するかぎり、高峰の生きかたそのものという気がする。

学齢に達したときには「天才子役」としてもてはやされ、小学校へはロクに登校できなかった高峰は、学業に憧れながらついに立派な学歴は持てなかった。しかし、高峰のエッセイを読むかぎり、文章力と学歴はまったく関係ないと言わざるをえない。

たとえば、子役時代を回想する、撮影所へ向う早朝の電車内での描写などはまったく見事だ。

「私はうしろ向きになって窓ワクにつかまり、首から紐でぶら下げたゴムの乳首をチュウチュウと吸いながら、窓外に流れる町並みを眺める。品川の手前あたりで、やっとオレンジ色の太陽があがって来る」（「猿まわしの猿」）

まさに、これは映画の一シーンのように読める。印象を的確に言葉にできること。見たこと感じたことを、写真を撮るように、瞬時に脳と心に焼き付けられること。これが、文章家・高峰秀子の武器であった。

あるいは、自分が養女で、母は実母ではなかったと知る重大な事件。高峰はあっさりと受けとめるが、親子三人の仲はチグハグになる。その果ての両親のケンカ。どう書いても重い愁嘆場を、母親がきざんだタクワンがつながっていたエピソードを織り込むことで、読者をほっとさせる（「つながったタクワン」）。ここには天性の作家がいる。易々と涙で曇らない目は、いつだって強く感受し、あざやかに人生の一断面を記憶する。そこに、文章家・高峰の個性と生理が息づく。真似手のいない独自の文章だ。

珠玉の文章ぞろいの本書から、一編だけ挙げるとしたら、私は「縫いぐるみのラドン」を取る。高峰・松山夫妻が滞在するパリへ、花柳章太郎夫妻と伊東深水親子がやって来る。

滞在中の様子をユーモラスに描いたのが「縫いぐるみのラドン」だ。

タイトルは、現地で両巨頭の雑用に追われる高峰が、ついにアタマにきてつけたあだ名が「ゴジラ」（花柳）と「ラドン」（伊東）ということから。ともに怪獣の名、というのがおかしい。以後、この戯画的なあだ名を駆使して二人を描くことで、仰ぎ見る実績を持つ両巨頭の姿が、なんとも微笑ましくスケッチされていく。

そして、二人がすでにこの世の人ではないことが読者に告げられるのは最後近く。再び「ラドン」の滑稽なエピソードに触れておきながら、ラストの一行は「縫いぐるみのラドンのような伊東先生を思い出す」で締めくくり、決して敬意を忘れない。あざやかな文章術だ。

そこで沢木耕太郎が言ったことを思い出す。

「『文章のうまい女優』がいるのではなく、単にひとりの『文章家』がいるだけなのだ」

高峰秀子は、木下恵介の「衝動殺人 息子よ」（一九七九）にひさしぶりの映画出演をし、そこであっさりと女優業にピリオドを打つ。そのあとは、『台所のオーケストラ』『コットンが好き』など、随筆家として次々と著作を発表していった。それは、松山善三氏との生活から生まれたものだった。日々を大切に生きる。家事を含め、日常のこまごまとしたことを疎かにしない。そこから数々の名随筆が紡ぎ出されたのだ。名女優はまた、生きる名人でもあったのだ。

―略年譜　石井桃子―

一九〇七年（明治四十年）
三月十日、埼玉県北足立郡浦和町（現・さいたま市）に父・福太郎、母・なをのもとに生まれる。兄一人、姉四人の末っ子。父は浦和商業銀行の支配人だった。
一九一三年（大正二年）　六歳
四月、埼玉県立女子師範附属小学校に入学。小学生時代に学級文庫で、世界の童話、おとぎ話を耽読する。
一九一九年（大正八年）　十二歳
四月、埼玉県立浦和高等女学校（現・浦和第一女子高等学校）に入学。
一九二四年（大正十三年）　十七歳
四月、日本女子大学校に入学。大学の近所に菊池寛が住んでおり、その縁で、菊池のもとで外国雑誌や原書を要約するアルバイトをする。
一九二八年（昭和三年）　二十一歳
三月、日本女子大学校英文学部を卒業。
一九二九年（昭和四年）　二十二歳
菊池寛が結成した「文筆婦人会」のメンバーとして、文藝春秋で働く。
翌年十二月、文藝春秋社に正式入社（三三年退社）。永井龍男のもとで「婦人サロン」等の編集に携わる。
一九三三年（昭和八年）　二十六歳
十二月、犬養健家のクリスマス・イヴに『プー横丁にたった家』の原書と出会う。
一九三四年（昭和九年）　二十七歳
六月より、「日本少国民文庫」（山本有三編／全十六巻／新潮社）を吉野源三郎、高橋健二らと編集する（～三六年）。
一九三九年（昭和十四年）　三十二歳
三月、母死去。荻窪に転居、この頃から近所の井伏鱒二をよく訪ねる。
一九四〇年（昭和十五年）　三十三歳
十一月、井伏宅で太宰治を紹介される。十二月、『熊のプーさん』（A・A・ミルン作／E・H・シェパード絵／石井訳）を岩波書店より刊行。

一九四一年（昭和十六年）　三十四歳
一月、『ドリトル先生「アフリカ行き」』（H・ロフティング作／井伏鱒二訳）を友人とはじめた出版社・白林少年館より刊行。下訳は石井。九月、父死去。
一九四二年（昭和十七年）　三十五歳
六月、『プー横丁にたった家』（A・A・ミルン作／E・H・シェパード絵／石井訳）を岩波書店より刊行。創作「ノンちゃん雲に乗る」を書き始める。
一九四五年（昭和二十年）　三十八歳
夏より、宮城県栗原郡鶯沢村（現・栗原市）で農業・酪農を始める。
一九四七年（昭和二十二年）　四十歳
二月、『ノンちゃん雲に乗る』（大地書房）刊行。
一九五〇年（昭和二十五年）　四十三歳
岩波書店の吉野源三郎らの勧めにより上京、五月に岩波書店に嘱託として入社。十二月、「岩波少年文庫」を創刊。第一回配本は「宝島」「ふたりのロッテ」など五点。
一九五四年（昭和二十九年）　四十七歳
戦後児童文学界における功績により復活第二回菊池寛賞受賞。四月、『ちいさいおうち』（バージニア・リー・バートン文と絵／石井訳）を岩波書店より刊行。五月、岩波書店退社。八月、ロックフェラー財団の研究員としてアメリカ・カナダに行く。ニューヨーク公共図書館の児童室など、各地の図書館を見学する。
一九五五年（昭和三十年）　四十八歳
一月から三カ月間、ペンシルヴェニア州ピッツバーグ市のカーネギー図書館学校で児童文学の集中講義に通う。六月、ヨーロッパへ渡り、ドイツ、フランス、イギリス、イタリアを巡る。九月に帰国後、瀬田貞二、松居直、いぬいとみこ、鈴木晋一と「子どもの本の研究会」（後の「ＩＳＵＭＩ会」。その後「子どもの本研究会」と改称）を始める。後に渡辺茂男が参加。
一九五七年（昭和三十二年）　五十歳
八月、村岡花子らと「家庭文庫研究会」を結成する。
一九五八年（昭和三十三年）　五十一歳
三月一日、自宅の一室で子どものための図書室「かつら文庫」を開く。

一九六〇年（昭和三十五年）　五十三歳
四月、ＩＳＵＭＩ会の研究をまとめた共著『子どもと文学』（中央公論社）刊行。
一九六四年（昭和三十九年）　五十七歳
六月、「ちいさなうさこちゃん」シリーズ（ディック・ブルーナ文と絵／石井訳）を福音館書店より刊行開始。
一九七一年（昭和四十六年）　六十四歳
十一月、「ピーターラビット」シリーズ（ビアトリクス・ポター文と絵／石井訳）を福音館書店より刊行開始。
一九七四年（昭和四十九年）　六十七歳
一月、東京子ども図書館が財団法人として認可される。
一九八一年（昭和五十六年）　七十四歳
一月、『幼ものがたり』（吉井爽子画）を福音館書店より刊行。
一九九四年（平成六年）　八十七歳
『幻の朱い実』を岩波書店より刊行（上巻二月、下巻三月）。同作により翌年二月、第四十六回読売文学賞受賞。
二〇〇三年（平成十五年）　九十六歳
十二月、『今からでは遅すぎる　ミルン自伝』（A・A・ミルン著／石井訳）を岩波書店より刊行。同作により翌年十月、第四十回日本翻訳出版文化賞翻訳特別賞受賞。
二〇〇六年（平成十八年）　九十九歳
十一月、『百まいのドレス』（エレナー・エスティス作）を岩波書店より刊行（一九五四年九月刊『百まいのきもの』を改題・改訳）。
二〇〇八年（平成二十年）　一〇一歳
一月、二〇〇七年度朝日賞受賞（贈呈式に出席）。
四月二日、老衰にて逝去。

＊「ユリイカ」二〇〇七年七月号所収の「石井桃子年譜」（田野倉康一編／冨澤文明加筆・監修）、『石井桃子集7』所収の年譜等を参考にさせていただきました。小学校、女学校、大学校の入学年には異説もあります。

―略年譜　高峰秀子―

一九二四年（大正十三年）
三月二十七日、平山錦司・イソの長女として函館市に生まれる。兄三人、弟一人あり。

一九二八年（昭和三年）　四歳
イソが結核で死去。父の妹・志げの養女となり、東京に移る。志げは「高峰秀子」の芸名で女弁士として活動していたこともあった。

一九二九年（昭和四年）　五歳
九月、養父に連れられて松竹蒲田撮影所見学に行く。たまたま野村芳亭監督「母」の子役オーディションをやっており、六十人ほどの中から選ばれる。映画は大ヒットし、以後、子役としてひっぱりだことなる。

一九三一年（昭和六年）　七歳
四月、蒲田の尋常高等小学校に入学するが、映画撮影は深夜に及ぶこともあり、ほとんど通えなかった。

一九三四年（昭和九年）　十歳
日比谷公会堂でのステージ共演をきっかけに歌手・東海林太郎夫妻に気に入られ、志げと共に東海林家に同居することになる。

一九三六年（昭和十一年）　十二歳
前年末に東海林家を出て、大森に住む。破産した祖父一家が上京、一族の生活を担うこととなる。

一九三七年（昭和十二年）　十三歳
女学校進学などを条件に二月、Ｐ・Ｃ・Ｌ（のちの東宝）に移籍。四月、お茶の水の文化学院に入学。

一九三八年（昭和十三年）　十四歳
多忙のため通学できず、文化学院を退学。豊田正子のベストセラーの映画化「綴方教室」（山本嘉次郎監督）に主演。少女スターとして絶大な人気を博す。

一九四〇年（昭和十五年）　十六歳
「小島の春」（豊田四郎監督）での杉村春子の演技をみて衝撃を受ける。オペラ歌手の奥田良三、長門美保から発声のレッスンを受けはじめる。

一九四一年（昭和十六年）　十七歳
三月、三年をかけて製作した、東北の四季の美しさ溢れる「馬」（山本嘉次郎監督）公開。製作主任だった黒澤明に淡い恋心を抱くが、周囲の大反対にあい断念。
一九四五年（昭和二十年）　二十一歳
館山ロケ中に終戦をむかえる。このロケの間、山本嘉次郎監督の、俳優は普通の人の二倍も三倍もタクワンを臭いと感じなきゃダメ、との言葉に感銘を受ける。
一九四七年（昭和二十二年）　二十三歳
前年より「東宝争議」始まり、三月、新東宝に移る。
一九四九年（昭和二十四年）　二十五歳
笠置シヅ子と共演した「銀座カンカン娘」（島耕二監督）が公開され、高峰が歌う主題歌も大ヒットした。志げとの仲が険悪化する。
一九五〇年（昭和二十五年）　二十六歳
「宗方姉妹」（小津安二郎監督）を最後にフリーとなる。
一九五一年（昭和二十六年）　二十七歳
日本初のカラー映画「カルメン故郷に帰る」（木下惠介監督）に主演。六月、様々な桎梏から逃れるべくパリに出発、半年間を過ごす。
一九五二年（昭和二十七年）　二十八歳
麻布に家を購入。改築して生涯暮らす場所となる。
一九五三年（昭和二十八年）　二十九歳
二月、第一随筆集『巴里ひとりある記』（映画世界社）刊行。
一九五四年（昭和二十九年）　三十歳
「二十四の瞳」（木下惠介監督）に主演。
一九五五年（昭和三十年）　三十一歳
一月、「浮雲」（成瀬巳喜男監督）公開。
三月、木下組の助監督・松山善三と結婚。
一九六一年（昭和三十六年）　三十七歳

一月公開の松山善三初監督作品「名もなく貧しく美しく」で聾者を演じる。史上最多となる四回目の毎日映画コンクール女優主演賞を受賞。
一九六八年（昭和四十三年）　四十四歳
TBSの東芝日曜劇場でテレビドラマに初めて出演。
一九七〇年（昭和四十五年）　四十六歳
ハワイのホノルルにコンドミニアムを購入し、以後、毎年数カ月を過ごすようになる。
一九七一年（昭和四十六年）　四十七歳
「人に頭を下げる体験をしたくて」丸の内の新国際ビルに骨董店「ピッコロモンド」を開店。四年続ける。
一九七三年（昭和四十八年）　四十九歳
文化庁の助成により製作された「恍惚の人」（有吉佐和子原作／豊田四郎監督）に出演。
一九七五年（昭和五十年）　五十一歳
五月より「週刊朝日」で「女優・高峰秀子の50年　わたしの渡世日記」を連載（七六年五月まで）。
一九七六年（昭和五十一年）　五十二歳
『わたしの渡世日記』（上巻二月、下巻五月　朝日新聞社刊）で第二十四回日本エッセイスト・クラブ賞を受賞。
一九七八年（昭和五十三年）　五十四歳
十二月、志げ死去。
一九七九年（昭和五十四年）　五十五歳
九月公開の「衝動殺人息子よ」（木下惠介監督）を最後に女優を引退する。
一九九〇年（平成二年）　六十六歳
三階建ての自宅を大幅に縮小し、家財の整理をする。
二〇〇二年（平成十四年）　七十八歳
七月、最後の随筆集『にんげん住所録』（文藝春秋）刊行。
二〇一〇年（平成二十二年）　八十六歳
十二月二十八日、肺癌のため死去。

＊『わたしの渡世日記』はじめ、本地陽彦氏作成の年譜などを参考にさせていただきました。

本書の底本として左記の全集、文庫を使用しました。ただし適宜ルビをふりなおし、明らかな誤記では訂正した箇所もあります。一方、肩書や年数等は原文のままと致しました。なお、本書には今日の社会的規範に照らせば差別的表現ととられかねない箇所がありますが、作品の書かれた時代また著者が故人であることに鑑み、原文のままとしました。底本のほか、収録されている文庫も記します。

石井桃子

第一章　『幼ものがたり』より（岩波書店『石井桃子集　4』／福音館文庫『幼ものがたり』）

第二章　戦争ちゅうと戦後（岩波書店『石井桃子集　7』／岩波現代文庫『石井桃子コレクションⅤ　エッセイ集』／「生きているということ」河出文庫『新しいおとな』／「太宰さん」河出文庫『みがけば光る』／「ひとり旅」河出文庫『家と庭と犬とねこ』／「井伏さんとドリトル先生」河出文庫『プーと私』）

高峰秀子

第一章　『わたしの渡世日記』より（新潮文庫『わたしの渡世日記（上）』）

第二章　ちょっといい話

ダイヤモンド（文春文庫『コットンが好き』）

縫いぐるみのラドン（文春文庫『おいしい人間』）

愛の告白（文春文庫『私の梅原龍三郎』）

木枯し（「風の出会い」内）（新潮文庫『にんげんのおへそ』）
住所録（文春文庫『にんげん住所録』）

【本文中の歌詞の引用出典】
＊一五〇ページ「酒は涙か溜息か」（作詞・高橋掬太郎、作曲・古賀政男）
＊一六四ページ「討匪行」（作詞・八木沼丈夫、作曲・藤原義江）
＊一七六ページ「ルンペン節」（作詞・柳水巴、作曲・松平信博）
＊一九九ページ「旅笠道中」（作詞・藤田まさと、作曲・大村能章）
＊二四八〜二四九、二五五ページ「燦めく星座」（作詞・佐伯孝夫、作曲・佐々木俊一）

単行本『精選女性随筆集　第八巻　石井桃子　高峰秀子』
二〇一二年八月　文藝春秋刊（文庫化にあたり改題）

装画・本文カット
神坂雪佳・古谷紅麟 編『新美術海』（芸艸堂）、
神坂雪佳『蝶千種・海路』『滑稽図案』（芸艸堂）より
本文デザイン　大久保明子
DTP制作　ローヤル企画

精選女性随筆集《せいせんじょせいずいひつしゅう》 石井桃子《いしいももこ》 高峰秀子《たかみねひでこ》

定価はカバーに表示してあります

2024年4月10日 第1刷

著　者 石《いし》井《い》桃《もも》子《こ》 高《たか》峰《みね》秀《ひで》子《こ》
編　者 川《かわ》上《かみ》弘《ひろ》美《み》
発行者 大沼貴之
発行所 株式会社 文藝春秋

東京都千代田区紀尾井町 3-23 〒102-8008
TEL 03・3265・1211㈹
文藝春秋ホームページ http://www.bunshun.co.jp

落丁、乱丁本は、お手数ですが小社製作部宛お送り下さい。送料小社負担でお取替致します。

印刷製本・TOPPAN

Printed in Japan
ISBN978-4-16-792208-5

精選女性随筆集　全十二巻　文春文庫

二〇二三年九月から
毎月一冊刊行予定です

幸田文　川上弘美選

森茉莉　吉屋信子　小池真理子選

向田邦子　小池真理子選

有吉佐和子　岡本かの子　川上弘美選

武田百合子　川上弘美選

宇野千代　大庭みな子　小池真理子選

倉橋由美子　小池真理子選

石井桃子　高峰秀子　川上弘美選

白洲正子　小池真理子選

中里恒子　野上彌生子　小池真理子選

須賀敦子　川上弘美選

石井好子　沢村貞子　川上弘美選

（　）内は解説者。品切の節はご容赦下さい。

水道橋博士
藝人春秋
北野武、松本人志、そのまんま東……今を時めく芸人たちを、博士ならではの鋭く愛情に満ちた目で描き、ベストセラーとなった藝人論。有吉弘行論を文庫版特別収録。（若林正恭）
す-20-1

水道橋博士
藝人春秋2　ハカセより愛をこめて
博士がスパイとして芸能界に潜入し、橋下徹からリリー・フランキー、タモリまで、浮き沈みの激しい世界の怪人奇人18名を濃厚に描く抱腹絶倒ノンフィクション。（ダースレイダー）
す-20-2

先崎　学
うつ病九段　プロ棋士が将棋を失くした一年間
空前の将棋ブームの陰で、その棋士はうつ病と闘っていた。孤独の苦しみ、将棋が指せなくなるという恐怖、復帰への焦り……。発症から回復までを綴った心揺さぶる手記。（佐藤　優）
せ-6-2

田辺聖子
老いてこそ上機嫌
「80だろうが、90だろうが屁とも思っておらぬ」と豪語するお聖さんももうすぐ90歳。２００を超える作品の中から厳選した、短くて面白くて心の奥に響く言葉ばかりを集めました。
た-3-54

立花　隆
死はこわくない
自殺、安楽死、脳死、臨死体験……。長きにわたり、生命の不思議をテーマとして追い続けてきた「知の巨人」が真正面から〈死〉に挑む。がん、心臓手術を乗り越え、到達した境地とは。
た-5-25

田中澄江
花の百名山
春の御前山で出会ったカタクリの大群落。身を伏せて確かめた早池峰の小さなチシマコザクラ――山と花をこよなく愛した著者が綴った珠玉のエッセイ。読売文学賞受賞作。（平尾隆弘）
た-14-5

高峰秀子
わたしの渡世日記（上下）
複雑な家庭環境、義母との確執、映画デビュー、青年・黒澤明との初恋など、波瀾の半生を常に明るく前向きに生きた著者が、ユーモアあふれる筆で綴った傑作自叙エッセイ。（沢木耕太郎）
た-37-2

（　）内は解説者。品切の節はご容赦下さい。

高峰秀子
コットンが好き
飾り棚、手燭、真珠、浴衣、はんこ、腕時計、ダイヤモンド……。これまで共に生きてきた、かけ替えのない道具や小物たちとの思い出を、愛情たっぷりに綴った名エッセイ。待望の復刻版。
た-37-7

高山なおみ
帰ってから、お腹がすいてもいいようにと思ったのだ。
高山なおみが本格的な「料理家」になる途中のサナギのようなころの、落ち着かなさ、不安さえ見え隠れする淡い心持ちを綴ったエッセイ集。なにげない出来事が心を揺るがす。（原田郁子）
た-71-1

高野秀行
辺境メシ
ヤバそうだから食べてみた
カエルの子宮、猿の脳みそ、ゴリラ肉、胎盤餃子……。未知なる「珍食」を求めて、世界を東へ西へ。辺境探検の第一人者である著者が綴った、抱腹絶倒エッセイ！（サラーム海上）
た-105-1

津村節子
果てなき便り
「節子、僕の許を離れるな！」便箋から浮かび上がる夫・吉村昭の決意、孤独、希望、愛。出会った若き日から亡くなるまで交わした書簡で辿る、夫婦作家慈しみの軌跡。（梯　久美子）
つ-3-15

土屋賢二
われ笑う、ゆえにわれあり
愛ってなんぼのものか？　あなたも禁煙をやめられる、老化の楽しみ方、超好意的女性論序説などなど、人間について世界について徹底的に考察したお笑い哲学エッセイ。（柴門ふみ）
つ-11-1

土屋賢二
無理難題が多すぎる
何気ない日常にも哲学のヒントは隠れている。「妻になる！」と決心したり、「老人の生きる道」を模索したり、野球解説を考察したり――笑い溢れるエッセイ集。（西澤順一）
つ-11-23

中野孝次
ハラスのいた日々
増補版
一匹の柴犬を〝もうひとりの家族〟として、惜しみなく愛を注ぐ夫婦がいた。愛することの尊さと生きる歓びを、小さな生きものに教えられる、新田次郎文学賞に輝く感動の愛犬物語。
な-21-1

中野孝次
清貧の思想
日本はこれでいいのか？　豊かさの内実も問わず、経済第一とばかりひた走る日本人を立ち止まらせ、共感させた平成のベストセラー。富よりも価値の高いものとは何か？　（内橋克人）
な-21-3

中野　翠
あのころ、早稲田で
私の人生の中で最も思い出したくない日々だった。懐かしくも恥多き青春。早大闘争、社研……あの時代の空気が鮮やかに蘇る。同じ部室仲間の呉智英さんとの文庫化記念爆笑対談も必読。
な-27-14

中野　翠
ほいきた、トシヨリ生活
「おひとりさま」歴40年以上、いつもオシャレな人気コラムニストに学ぶ「人生の放課後」の愉しみ方。映画コラムでも知られる中野さんおススメの老人映画は必読必見！　（玉川奈々福）
な-27-15

中野京子
運命の絵
命懸けの恋や英雄の葛藤を描いた絵画、画家の人生を変えた一枚……。「運命」をキーワードに名画の奥に潜む画家の息吹と人間ドラマに迫る。絵画は全てカラーで掲載。　（竹下美佐）
な-58-8

中野京子
そして、すべては迷宮へ
『怖い絵』や『名画の謎』で絵画鑑賞に新たな視点を提示した著者は、芸術を、人を、どのように洞察するのか？　美しい絵画31点とともに綴る、ユーモアと刺激にあふれるエッセー集。
な-58-9

中川李枝子　絵・山脇百合子
本・子ども・絵本
「本は子どもに人生への希望と自信を与える」と信じる著者が絵本や児童書を紹介し、子どもへの向き合い方等アドヴァイスを綴る。『ぐりとぐら』の作者が贈る名エッセイ。　（小川洋子）
な-80-1

七崎良輔
僕が夫に出会うまで
幼い頃から「普通じゃない」と言われ、苦しみ続けた良輔。片思いと嫉妬と失恋に傷つきながら、巡り会えたパートナーと幸せを掴むまでを描く愛と青春の自伝エッセイ。　（ホラン千秋）
な-83-1

（　）内は解説者。品切の節はご容赦下さい。

中川翔子
「死ぬんじゃねーぞ!!」
いじめられている君はゼッタイ悪くない

中学高校といじめられ、「死にたい夜」を過ごした中川翔子が傷つき悩む十代のために叫ぶ魂のエール。文庫化に際し、単行本刊行後に中川さんが考えたことを綴った一章を追加。

な-85-1

西　加奈子
ごはんぐるり

カイロの卵かけごはんの記憶、「アメちゃん選び」は大阪の遺伝子、ひとり寿司へ挑戦、夢は男子校寮母…幸せな食オンチの美味しオカしい食エッセイ。竹花いち子氏との対談収録。

に-22-4

能町みね子
オカマだけどOLやってます。完全版

実はまだ、チン子がついてる私の「どきどきスローOLライフ」。オトコ時代のこと、恋愛のお話、OLはじめて物語など、大人気イラストエッセイシリーズの完全版。　（宮沢章夫）

の-16-1

林　真理子
マリコ、カンレキ！

ドルガバの赤い革ジャンに身を包み、ド派手でゴージャスな還暦パーティーを開いた。これからも思いきりちゃらいおばちゃんを目指すことを決意する。痛快パワフルエッセイ第28弾。

は-3-50

林　真理子
運命はこうして変えなさい
賢女の極意120

恋愛、結婚、男、家族、老後……作家生活30年の中から生まれた金言格言たち。人生との上手なつき合い方がわかる、ときめく言葉の数々は、まさに「運命を変える言葉」なのです！

は-3-52

半藤一利
漱石先生ぞな、もし

『坊っちゃん』『三四郎』『吾輩は猫である』……誰しも読んだことのある名作から、数多の知られざるエピソードを発掘。斬新かつユーモラスな発想で、文豪の素顔に迫ったエッセイ集。

は-8-4

林　望
イギリスはおいしい

まずいハズのイギリスは美味であった!?　嘘だと思うならご覧あれ——イギリス料理を語りつつ、イギリス文化の香りも味わえる日本エッセイスト・クラブ賞受賞作。文庫版新レセピ付き。

は-14-2

（　）内は解説者。品切の節はご容赦下さい。

森は海の恋人
畠山重篤
ダム開発と森林破壊で沿岸の海の荒廃が急速に進んだ一九八〇年代、おいしい牡蠣を育てるために一人の漁民が山に木を植え始めた。森と海の真のつながりを知る感動の書。（川勝平太）
は-24-2

柚子は九年で
葉室麟 随筆集
西日本新聞掲載の文章を中心とした著者初の随筆集。墓場鬼太郎、如水、るしへる、身余堂、散椿、龍馬伝、三島事件、志在千里など、とりどりのテーマに加え、短編「夏芝居」を収録。
は-36-5

河のほとりで
葉室麟
小説のみならず、エッセイにも定評のある著者の文庫オリジナルエッセイ集。西日本新聞の「河のほとりで」を中心に、文庫解説やその時々の小説の書評も含まれた掌編集です。
は-36-9

下着の捨てどき
平松洋子
夜中につまみ食いする牛すじ煮込みの背徳感。眉の毛一本の塩梅。すごく着たいのに似合わない服……誰の身にもおとずれる人生後半、ゆらぎがちな心身にあたたかく寄り添うエッセイ集。
ひ-20-12

いわしバターを自分で
平松洋子　画・下田昌克
緊急事態宣言!?　でも喜びは手放さない。ふきのとうの春巻き、山椒の実の牛すじ煮込み、極道すきやき。「クッキングパパ」も唸ったオリジナル「パセリカレー」も登場！（石戸　諭）
ひ-20-13

生まれた時からアルデンテ
平野紗季子
すべての幸福は食から始まる。世界一のレストランの殺気に満ちた食事からロイヤルホストの観察記まで、愛と希望と欲に満ちたミレニアル世代の傑作味覚エッセイ。（三浦哲哉）
ひ-31-1

帰省
藤沢周平
創作秘話、故郷への想い、日々の暮らし、「作家」という人種について——没後十一年を経て編まれた書に、新たに発見された八篇を追加。藤沢周平の真髄に迫りうる最後のエッセイ集。
ふ-1-50

（　）内は解説者。品切の節はご容赦下さい。

遠藤展子
藤沢周平　父の周辺
「オバＱ音頭」に誘われていった夏の盆踊り、公園でブランコを押してもらった思い出……「この父の娘に生まれてよかった」という愛娘が、作家・藤沢周平と暮した日々を綴る。（杉本章子）
ふ-1-91

遠藤展子
藤沢周平　遺された手帳
娘の誕生、先妻の死、鬱屈を抱えながら小説に向き合う日々――「藤沢周平」になる迄の足跡を、遺された手帳から愛娘が読み解く。文庫化に際し貴重な写真を数枚追加。（後藤正治）
ふ-1-97

福岡伸一
ルリボシカミキリの青
福岡ハカセができるまで
花粉症は「非寛容」、コラーゲンは「気のせい食品」？　生物学者・福岡ハカセが最先端の生命科学から教育論まで明晰、軽妙に語る。意外な気づきが満載のエッセイ集。（阿川佐和子）
ふ-33-1

福岡伸一
生命と記憶のパラドクス
福岡ハカセ、66の小さな発見
〝記憶〟とは一体、何なのか。働きバチは不幸か。進化に目的はないのか。福岡ハカセが明かす生命の神秘に、好奇心を心地よく刺激される「週刊文春」人気連載第二弾。（劇団ひとり）
ふ-33-2

福岡伸一
ツチハンミョウのギャンブル
ＮＹから東京に戻った福岡ハカセ。二都市を往来しつつ、変わり続ける世の営みを観察する。身近なサイエンスからカズオ・イシグロと食べたお寿司まで、大胆なる仮説・珍説ここにあり！
ふ-33-5

藤崎彩織
読書間奏文
作家として、SEKAI NO OWARIのメンバーとして活躍する著者が、これまで出会った大切な本を通して、自身の人生のターニングポイントとなった瞬間を瑞々しい筆致で綴った初エッセイ。
ふ-46-2

穂村　弘
にょっ記
俗世間をイノセントに旅する歌人・穂村弘が形而下から形而上まで言葉を往還させつつ綴った『現実日記』。フジモトマサルのひとこまマンガ、長嶋有・名久井直子の「偽ょっ記」収録。
ほ-13-1

（　）内は解説者。品切の節はご容赦下さい。

穂村 弘
にょにょっ記
奈良の鹿を見習って、他の県でも一種類ずつ動物を放し飼いにしたらどうだろう？　歌人・穂村弘の不思議でファニーな世界へようこそ。フジモトマサルのイラストも満載。（西 加奈子）
ほ-13-2

穂村 弘・フジモトマサル
にょにょにょっ記
妄想と詩想の間を往来する穂村弘の文章とフジモトマサルのシュールなイラストの奇跡のコラボ。気がつくとあなたは日常の裏側を散歩中。単行本未収録分も増補したシリーズ最終巻。
ほ-13-3

穂村 弘
君がいない夜のごはん
料理ができず味音痴……という穂村さんが日常の中に見出した「かっこいいおにぎり」や「逆ソムリエ」。独特の感性で綴る「食べ物」に関する58編は噴き出し注意！（本上まなみ）
ほ-13-4

星野 源
そして生活はつづく
どんな人でも、死なないかぎり、生活はつづくのだ。ならば、つまらない日常をおもしろがろう！　音楽家で俳優の星野源、初めてのエッセイ集。俳優・きたろうとの特別対談を収録。
ほ-17-1

星野 源
働く男
働きすぎのあなたへ。働かなさすぎのあなたへ。音楽家、俳優、文筆家の星野源が、過剰に働いていた時期の自らの仕事を解説した一冊。ピース又吉直樹との「働く男」同士対談を特別収録。
ほ-17-2

星野 源
よみがえる変態
やりたかったことが仕事になる中、突然の病に襲われた。まだ死ねない。これから飛び上がるほど嬉しいことが起こるはずなんだ。死の淵から蘇った3年間をエロも哲学も垣根なしに綴る。
ほ-17-3

堀江貴文
刑務所なう。　完全版
長野刑務所に収監されたホリエモン。鬱々とした独房生活の中でも仕事を忘れず、刑務所メシ（意外とウマい）でスリムな体をゲット！　単行本二冊分の日記を一冊に。実録マンガ付き。
ほ-20-1

（　）内は解説者。品切の節はご容赦下さい。

堀江貴文
刑務所わず。
塀の中では言えないホントの話
「ほんのちょっと人生の歯車が狂うだけで入ってしまうような所」これが刑務所生活を経た著者の実感。塀の中を鋭く切り取るシリーズ完結篇。検閲なし、全部暴露します！　（村木厚子）
ほ-20-2

万城目《まきめ》 学
ザ・万歩計
大阪で阿呆の薫陶を受け、作家を目指して東京へ。『鴨川ホルモー』で無職を脱するも、滑舌最悪のラジオに執筆を阻まれ、謎の名曲を夢想したりの作家生活。思わず吹き出す奇才のエッセイ。
ま-24-1

万城目 学
ザ・万字固め
熱き瓢箪愛、ブラジルW杯観戦記、敬愛する車谷長吉追悼、東京電力株主総会リポートなど奇才作家の縦横無尽な魅力満載のエッセイ集。綿矢りさ、森見登美彦両氏との特別鼎談も収録。
ま-24-4

万城目 学
べらぼうくん
居心地よい京都を抜け、就職後も小説家を目指し無職に。浪人時代からデビューまでの、うまくいかない日々を軽妙に綴る。万城目ワールド誕生前夜、極上の青春記。　（浅倉秋成）
ま-24-7

三島由紀夫
行動学入門
行動は肉体の芸術である。にもかかわらず行動を忘れ、弁舌だけが横行する風潮を憂えて、男としての爽快な生き方のモデルを示したエッセイ集。死の直前に刊行された。　（虫明亜呂無）
み-4-1

三島由紀夫
若きサムライのために
青春について、信義について、肉体について……わかりやすく、そして挑発的に語る三島の肉声。死後三十余年を経ていよいよ新鮮！　若者よ、さあ奮い立て！　（福田和也）
み-4-2

みうらじゅん
されど人生エロエロ
ある時はイメクラで社長プレイに挑戦し、ある時は「ゆるキャラの中の人」とハッピを着た付添人の不倫関係を妄想し……。「週刊文春」の人気連載、文庫化第2弾！　（対談・酒井順子）
み-23-5

（　）内は解説者。品切の節はご容赦下さい。

みうらじゅん
ひみつのダイアリー
昭和の甘酸っぱい思い出から自らの老いやVRに驚く令和の最新エロ事情まで。「週刊文春」人気連載を文庫オリジナルで一気に百本大放出。有働由美子さんとの対談も収録。
み-23-8

向田邦子
女の人差し指
脚本家デビューのきっかけを綴った話、妹と営んだ「ままや」の開店模様、世界各地の旅の想い出、急逝により絶筆となった「週刊文春」最後の連載などをまとめた傑作エッセイ集。（北川　信）
む-1-23

向田邦子
霊長類ヒト科動物図鑑
「到らぬ人間の到らぬドラマが好きだった」という著者が、電話口で突如様変わりする女の声変わりなど、すぐれた人間観察で人々の素顔を捉えた、傑作揃いのエッセイ集。（吉田篤弘）
む-1-26

向田邦子
無名仮名人名簿
世の中は「無名」の人々がおもしろい。日常の中で普通の人々が覗かせた意外な一面を、鋭くも温かい観察眼とユーモアで綴る。笑いながら涙する不朽の名エッセイ集。（篠﨑絵里子）
む-1-27

群　ようこ
よれよれ肉体百科
身体は段々と意のままにならなくなってくる。更年期になって味覚が鈍っても、自然に受け入れてアンチエイジングにアンチでいよう！　身体各部56カ所についての抱腹絶倒エッセイ。
む-4-15

群　ようこ
ネコの住所録
幼い頃から生き物と共に暮らしてきた著者。噂話をする度に耳をそばだてる婆さん猫など、鋭い観察眼で彼らのしたたかさを見抜くが、そこには深い愛情があった。抱腹絶倒のエッセイ。
む-4-16

村上春樹
意味がなければスイングはない
待望の、著者初の本格的音楽エッセイ。シューベルトのピアノ・ソナタからジャズの巨星にJポップまで、磨き抜かれた達意の文章で、しかもあふれるばかりの愛情をもって語り尽くされる。
む-5-9

文春文庫　最新刊

星落ちて、なお　澤田瞳子
父の影に翻弄され、激動の時代を生きた女絵師の一代記

平蔵の母　逢坂剛
料理屋に突然現れた母。その真偽、そして平蔵の真意とは

猫とメガネ2　ボーイミーツガールがややこしい　榎田ユウリ
一風変わった住人たちのもとへ相談事が舞い込んできて…

桜の木が見守るキャフェ　標野凪
四季の移ろいと人々の交流を温かく描く、再生の物語

アトムの心臓　「ディア・ファミリー」23年間の記録　清武英利
娘の命を救うため、人工心臓の開発に挑んだ家族の物語

陰陽師0　映画脚本・佐藤嗣麻子　原作・夢枕獏
若き日の安倍晴明が事件に挑む！　話題映画のノベライズ

マンモスの抜け殻　相場英雄
介護業界、高齢化社会の絶望と希望を描く社会派ミステリー

神様のたまご　下北沢センナリ劇場の事件簿　稲羽白菟
小演劇の聖地で次々に起こる怪事件を快刀乱麻、解決する

京都・春日小路家の光る君　二　天花寺さやか
強力な付喪神を使役する令嬢と「競べ馬」で縁談バトル！

耳袋秘帖 **南町奉行と酒呑童子**　風野真知雄
道に落ちていた腕の持ち主とは…南町奉行が怪異に挑む！

彼は早稲田で死んだ　大学構内リンチ殺人事件の永遠　樋田毅
革マル派による虐殺事件の衝撃的真相。大宅賞受賞作！

おしゃべりな銀座　銀座百点編
日本初のタウン誌「銀座百点」から生れた極上エッセイ

精選女性随筆集　石井桃子　高峰秀子　川上弘美選
児童文学の第一人者と、稀代の映画スターの名エッセイ